이사 간다

어머니께

이사 간다

김성달 소설

도화

이 소설집 출판 작업을 하고 있을 때 어머니께서 돌아가셨다. 배움이 짧은 어머니는 항상 궁리窮理가 많았는데, 그 궁리의 끝은 늘 몸이었다. 곁에서 그 모습을 지켜보기만 한 내가 속 깊은 어머니 몸의 궁리를 어찌 알 수 있었으랴. 하지만 어머니 일평생 삶의 궤적은 고스란히 몸으로 내게 전달되었다. 어머니의 주검 앞에서 그걸 깨달았다.

그동안 내 소설은 너무 몸에 기대었다.

이제는 그 몸의 무거움에서 조금 자유롭고 싶다.

'내 앞에 놓인 종이가 쓸쓸해지지 않도록 절박해지자.'

소설집을 묶으면서 계속 중얼거리던 말이다.

나와 내 소설과 함께 해주신 모든 분들께 감사드린다.

2021년 늦가을

太虛

| 차례 |

단편소설

해설

이사 간다

냄비에 물이 몇 차례 끓어오르는 동안에도 여자는 국수 면을 집어넣지 못하고 뜨거운 물이 넘치면 자꾸 찬물을 붓는다. 찬물에 맥없이 주저앉은 냄비 속을 물끄러미 내려다보고 서 있던 여자가 천천히 문밖으로 시선을 돌린다. 밤낮없이 퍼붓는 빗방울로 마당은 온통 물이다. 마당보다 낮은 문턱 위를 넘어 들어오는 빗물로 부엌 바닥에 물이 흥건하다. 여자의 발가락 사이로 파고드는 물의 감촉이 서늘하다. 예약한 이삿짐 트럭은 오지 않고 장맛비는 쉼 없이 쏟아진다. 기상청 예보와 달리 하늘은 빗줄기에서 좀처럼 벗어나지 못하고, 이삿짐 트럭은 비를 핑계로 나타나지 않는다. 조바심이 난 여자는 '어서, 이사 가야 하는데…'라는 문자만 쓰다가 지우기를 반복하면서 빗속을 견디고 있다.

며칠째 위장이 빈 여자의 몸은 자꾸 떨린다. 아침에 눈을 뜬 여자는 뼛속을 파고드는 한기를 견디지 못하고 가스레인지에 물을 올리고 국수를 꺼내 놓았다. 몸은 먹어야 한다고 아우성인데도 여자는 선뜻 면을 넣지 못한다. 끓어오르는 물을 찬물로 자꾸 짓누르던 여자는 지친 듯이 부엌문 앞에 놓인 나무 의자에 주저앉는다.

사람 몸 하나가 겨우 들어설 정도로 좁은 부엌 앞의 처마는 비를 피하기가 옹색하지만 여자는 의자에 앉아 고스란히 비를 감당한다. 여자는 나무 의자에 앉아 있는 것을 좋아한다. 손재주가 좋은 아들이 만들어준 이 의자에 앉아 여자는 골목길 초입의 하얀 목련이 피고, 노랑 은행잎이 팔랑팔랑 흘러내리는 것을 지켜보았고, 아들의 키가 골목길 담장을 넘어서는 것도 훔쳐봤다. 여자는 만지작거리던 핸드폰을 물끄러미 내려다본다.

—엄마, 보고 싶어.

아들이 보낸 마지막 문자이다. 그 후로 아들에게서는 문자가 오지 않았고, 여자가 보낸 문자에도 답장이 없다. 아들은 장마가 시작되기 전에 이사를 서두르자고 했다. 매년 장마 때마다 겪던 물난리와는 이제 작별이라며 환하게 웃던 아들의 얼굴과 겹쳐지던 백목련 꽃잎이 지금도 눈에 선하다.

해양고등학교 기관과를 졸업한 아들은 기관사 면장을 취득하고 기관사 자격증을 받기 위해 1년간 항해 실습으로 배를 타야 했다. 국내선 6개월과 외항선 6개월의 항해 실습 코스였다. 아들은 빨리 졸업해서 배를 타겠다는 말을 입에 달고 살았다. 그때마다 여자의 이마가 붉게 물든 것은 가난이 부끄러운 부모였기 때문이다. 지난겨울부터 올 3월까지 국내선 6개월 항해 실습을 마친 아들은 외국 항해 실습을 위해 보름 후 카타르 연안으로 가는 외항선을 타기로 되어 있었다. 그 며칠 사이에 여자와 아들은 오랜 꿈이었던 임대아파트로 이사할 계획이었다. 큰 짐도 없는데 비싼 포장 이사가 필요 없다며 직접 이삿짐을 꾸리던 아들은 다급한 친구의 부탁을 외면하지 못하고 이틀 일정으로 그 배를 탔다. 인천을 떠나 제주도에 갔다가 이튿날 다시 인천으로 돌아오는 일정이어서 아들은 가벼운 차림으로 집을 나섰다.

아들은 배를 타고 나가면 여자에게 자주 문자를 보냈다. 그날도 여느 날과 다르지 않았다.

─엄마, 배에 손님이 너무 많아 바쁠 것 같아요. 제주도로 수학여행을 가는 아이들이 많이 탔어.

잠시 후 또 문자가 왔다.

―엄마. 안개가 너무 심해 출항시간이 두 시간 늦추어졌어요.

그리고 밤이 아주 깊어 문자가 왔다.

―엄마, 밤바다가 고요해요. 이제 자요. 엄마도 좋은 밤….

이튿날 아침을 먹은 여자가 출근 준비를 하는데 아들의 문자가 왔다.

―엄마, 배가 이상해.

5분 후쯤 아들의 문자가 이어졌다.

―엄마, 남는 구명조끼가 없어. 하지만 걱정 마. 이삿짐 잘 챙기세요. 내일 봐.

채 답장을 하기도 전에 또 문자가 도착했다.

―엄마 보고 싶어.

이것을 끝으로 아들은 사라졌다. 이 세상에 존재하지 않는 듯 흔적조차 없다. 여자는 발끝을 적시는 빗물을 물끄러미 내려다본다. 마당에는 흙탕물이 이곳저곳 작은 소용돌이를 만들고 있다. 마당 가장자리에 매어놓은 빨랫줄에는 비에 젖은 여자의 속옷이 며칠째 걸려있다. 여자의 집 맞은편 빈방에는 비를 피해 들어 온 길고양이 두 마리가 힐끔힐끔 여자를 보다가, 하품을 길게 하면서 몸의 물기를 털어낸다. 앞집은 6월이 시작되는 첫날 이사를 갔지만 아들을 기다리는 여자는 장승처럼 붙박여 움직이지 않는다. 배가 바다에 가라앉은 지 석 달이 지났지만 여자는 지금도 내일 보자던 아들의 말을 믿고 기다린다.

수학여행을 가는 학생들이 많이 탔다는 문자를 부여잡은 채 승선자 명단에 없는 아들을 미친 듯이 찾아 헤매던 여자는 살아남은 승무원들의 입을 통해 '그런 얼굴과 비슷한 아이가 있었다' '아마 그 아이가 맞을 거야'하는 말을 들었고, 나중에 는 이벤트보조로 아들이 배에 승선했다는 사실을 확인했다. 해양고등학교를 졸업하고 기관사면허 취득을 위해 외항선을 타야 하는 아들이 이벤트보조로 승선했다는 말이 여자는 이 해가 되지 않았지만 아무도 그 까닭을 말해주지 않았다. 더욱 기가 막힌 것은 이벤트보조는 선원이 아니므로 비상연락이 되지 않아 행적을 정확히 알 수 없다는 것이었다. 그러면서 담당자는 배에 승선한 인원이 450명인지 500명인지도 명확 하지 않은데 이벤트 행사를 돕는 일용직 인부까지 알 수 없고 솔직히 우리도 정확한 숫자를 모른다고 했다. '모른다'는 말 이 역설적이게도 여자의 가슴에 아들이 그 배를 타지 않았을 거라는 일말의 희망을 던졌다. 여자는 매일 이삿짐 옆에 쭈그 리고 앉아 밤을 지새우며 이제나저제나 아들을 기다렸다.

의자에 앉아 물끄러미 마당을 바라보던 여자가 가스레인

지 앞으로 걸어간다. 그사이 냄비에서 또 물이 끓어오른다. 여자는 국수 면을 한 움큼 집어 팔팔 끓는 물 속에 넣고 다시 한 움큼 더 집어넣는다. 뜨거운 물속에서 형체가 허물어지는 면을 물끄러미 바라보던 여자가 버릇처럼 부엌으로 통하는 방문을 열다 흠칫한다. 남편의 식성을 닮은 아들은 국수를 좋아했다. 국수 삶는 날이면 옆에서 여자 몰래 자꾸 면을 더 집어넣는 바람에 삶아 놓으면 늘 양이 많았다. 평소처럼 국수 먹자며 아들 방문을 열던 여자는 방안에 어지럽게 놓인 이삿짐 박스를 보는 순간 눈앞이 아득해진다.

어둑어둑한 방안에 아들이 박스에 담거나 묶어둔 물건이 그대로이다. 낯선 듯 아들의 방을 기웃거리던 여자는 두렵다. 꽁꽁 묶인 아들의 소지품이 무섭다. 영원히 풀지 못할 것 같은 불길함이 머릿속을 새카맣게 점령한다. 제 방의 물건들을 묶어 놓고 이틀 후에 돌아와 옮기기만 하면 된다며 집을 나간 아들은 90일이 지나도록 돌아오지 않고 있다.

여자는 제주도로 가는 여객선이 진도 앞바다에서 침몰했다는 소식을 듣고도 아들이 그 배를 탄 줄 몰랐다. 여느 날과 다름없이 손님들의 몸을 마사지하고 쉬는 시간 휴게실에서 잠깐 본 텔레비전 화면은 온종일 침몰하는 배에 고정되어 있었다. 그때만 해도 여자는 그 배 이름이 세월호라는 것도 알지도 못한 채, 호출 신호를 받으면 쉴 틈도 없이 경락 손님들이 누워있는 객실을 드나들었다.

여자가 경락을 배운 것은 공장에서 일방적으로 해고당한 남편이 복직 투쟁을 하다가 몸이 만신창이가 된 이후부터였다. 남편은 하늘에 구름만 설핏 보여도 갈비뼈와 허리에 박힌 통증을 견디지 못해 방바닥을 기어 다녔다. 그런 남편의 모습을 지켜보면서도 병원비가 없어 울기만 하던 여자는 비슷한 일을 먼저 경험한 회사 선배 부인에게서 경락 마사지를 배워 남편 몸을 만져주기 시작했는데, 남편이 죽은 후에는 어엿한 직업이 되었다.

그날 나란히 엎드려 여자의 마시지를 받던 중년의 두 여자는 막힌 경락이 뚫리자 한껏 시원해진 얼굴로 두런두런 이야기를 주고받았다. 그녀들의 발목 경혈 마사지를 할 때 설핏 들려온 말에 여자는 하마터면 동통해소점이 아닌 엉뚱한 곳을 건드릴 뻔했다.

"바다에 침몰한 배에 수학여행 가던 학생들이 수백 명 타고 있었대."

그때부터 여자의 손이 허공을 맴돌거나 엉뚱한 곳을 짚어 손님들로부터 몇 번이나 주의를 들었고 사장에게 심한 질책을 받았다. 여자의 삶에서 가장 긴 하루였다.

우두커니 서서 방을 둘러보던 여자는 언제쯤 아들이 돌아와 제 손으로 단단하게 묶어 놓은 저 짐들을 옮길 수 있을까? 하는 물음을 또다시 떠올린다. 여자는 두렵다. 묶어 놓은 짐들이 아들의 몸을 단단하게 조이고 있는 관처럼 느껴진다. 아들의 물건들이 담긴 박스가 나이별로 아들을 묶어 놓은 것 같아 더 두렵다. 두려움에 떨며 방바닥에 주저앉은 여자는 핏발이 도드라진 눈으로 그것들을 노려보다가 손에 잡히는 것부터 끌어당겨 접착테이프를 뜯어내기 시작한다. 마치 아들이 그 속에 있기라도 하듯이 맹렬하고 거친 손길이지만, 빗물이 만들어낸 눅눅한 습기에 테이프는 맥없이 떨어진다.

승선명단에 없는 아들은 배를 타지 않았을 것이고, 당장이라도 여자를 부르며 거짓말처럼 불쑥 나타날 것이다. 여자는 짐 앞에 쭈그리고 앉아 매일 그런 생각에 사로잡혔다. 아들이 보고 싶고 느끼고 싶은 생각이 머리끝까지 차오르면 당장 이 삿짐을 찢어버리고 싶지만 그때마다 피가 나도록 입술을 깨물며 아들이 반드시 돌아온다며 버티었다. 하지만 오늘, 여자는 기어코 아들의 물건들을 욱여넣고 있는 박스의 아가리를 발기발기 찢기 시작한다. 못 견디게 아들이 그립다.

여자가 찢은 박스에는 줄넘기와 3킬로그램 아령, 배드민턴 채, 농구공과 같은 운동기구가 들어있다. 여자는 그것들이 아들처럼 반갑다. 아들은 유난하다 할 정도로 몸을 챙겼다. 초등학교에 들어가면서부터 하루도 줄넘기를 거르지 않았고 매일 무거운 아령을 들고 미간을 찌푸렸고, 틈만 나면 배드민턴 채를 들고 밖으로 나갔다. 여자는 그런 아들이 좀 별나다 생각을 하면서도 범상히 보아 넘겼다. 어느 날인가, 농구공을 들고 나갔다가 연락도 없이 밤늦게 들어오는 바람에 화가 난 여자가 종주먹을 흔들자 무르춤해진 아들이 변명처럼 중얼거렸다.

"난, 아버지처럼 되기 싫어."

그 말을 듣는 순간 여자는 아들이 몸에 집착하는 이유를 알 것도 같았다. 아들은 태어나면서부터 혼자 몸을 움직일 수 없어 매일 누워 지내는 아버지를 보고 자랐다. 일찍부터 몸이 얼마나 소중한 것인가를 알아버린 아들이었다.

아들은 너무 몸을 챙겼고, 남편은 너무 몸을 함부로 했다. 공장에서 일방적으로 해고당한 남편은 그 무렵부터 마치 내일 죽을 사람처럼 겁 없이 몸을 내둘렀다. 고공 농성장에서, 복직을 외치는 현장에서, 농성이 끝난 뒤 식당에서도, 자살한 동료의 장례식장에서도, 남편은 지푸라기 하나 남기지 않을 작정인 것처럼 몸을 불살랐다. 그 무렵 뱃속에 새 생명이 생

16

겼지만 생활고에 시달리던 여자는 선뜻 그 사실을 남편에게 알리지 못했다. 해고당한 남편은 매일 출근할 때처럼 아침 일찍 집을 나갔고 저녁 늦게 돌아오거나 며칠 만에 얼굴을 보이는 날도 적잖았다.

그날은 며칠 전부터 계속되는 배의 통증을 견디다 못해 병원으로 쫓아간 여자가 태아에 이상이 없다는 의사의 말을 듣고 돌아오던 날이었다. 여자가 마당에 들어서자 빗방울이 오락가락하던 하늘은 기어코 비를 뿌리기 시작했다. 비를 피해 부엌문 앞으로 서둘러 걸어가던 여자는 바닥에 뒹굴고 있는 낯익은 남편의 작업화를 보았다. 순간, 가슴에서 무엇인가 딸칵 떨어지는 소리가 들렸다. 활짝 열린 방문 앞에서 어두운 방안을 기웃거리던 여자가 손을 더듬어 벽의 전등 스위치를 켰다. 반짝 연기가 나는 것같이 파르스름하다가 환하게 밝아지는 여자의 눈에 들어온 것은 얼굴을 방바닥에 비스듬히 박고 엎드린 채 미동이 없는 남편 몸이었다. 놀라 방안으로 뛰어들던 여자의 눈에 양말이 벗겨진 남편의 발이 영화관의 스크린처럼 커다랗게 확대되어 덮칠 듯이 달려들었다. 오랫동안 물속에 잠겨 있다 건져 올린 것 같이 푸르딩딩한 남편 발바닥은 오랜 가뭄 끝의 논바닥같이 쩍쩍 벌어져 있었다. 그 틈으로 피와 고름이 뭉개진 액체 덩어리가 진득하게 흘러내렸다. 순간 여자는 피고름이 흘러내리는 그 발바닥 틈 사이로 몸이 빨려들 것 같이 허공을 떠오르는가 싶더니 외마디 비명을 각혈처럼 토하면서 정신을 잃었다. 여자가 정신을 차렸을 때는 병원이었고, 목구멍에서 말이 올라오지 않았다. 남편을 부르려고 안간힘을 썼지만 쉭쉭 바람 빠지는 소리만 뺨을 스쳐 지났다. 의사는 충격으로 인한 일시적인 외상 후 스트레스 장애라고 했지만 여자는 그때부터 목에서 말이 나오지 않았다.

뇌출혈로 쓰러진 남편은 골방에 누워 지내다가 아들이 아홉 살이 될 때 스스로 목숨을 끊었다. 남편을 비롯한 해고노동자들이 회사측에 대항하는 유일한 수단은 몸이었다. 하지만 숙련공의 몸은 기술이 필요한 현장이 아닌 곳에서 상황에 대응하고 견디기에는 너무 정직했다. 쉴 새 없이 뛰어다녀도 몸만 상하고 제대로 된 성과가 없는 괴로운 시간이었지만, 남편은 몸을 자동차 바퀴처럼 끊임없이 굴리고 다녔다. 남편과 그 동료들의 몸이 만들어낸 투쟁은 많이 배우고 소위 고매한 몸을 가진 사람들의 상식과는 맞지 않았다. 그들에게 남편과 동료들은 예측 불가 상대였고 종종 예상을 벗어나 그들을 당혹스럽게 만들었다. 만만하고 한없이 연약해 보이는 몸을 창 끝처럼 벼려 저항하는 해고노동자들에게 그들은 보편적인 싸움의 규칙을 따르지 않는다고 화를 내며 온갖 법과 공권력을 동원해 무참히 짓밟았다. 하루아침에 몸이 작동을 멈춘 남편은 그들에게 대항할 수단을 잃었고, 결국 스스로 목숨을 끊는 방법밖에 없었다. 그사이 많은 남편의 동료들이 자살하고, 가족들 역시 하나둘 곁을 떠났다. 그 등골 서늘한 시공간 속에서 여자를 끈질기게 버티게 한 것은 아들이었다.

남편을 잃은 후 여자는 불안감에 한밤중이면 몇 번이고 잠에서 깼다. 그때마다 잠든 아들이 꿈을 꾸며 잠꼬대를 하거나, 땀을 흘리며 몸을 긁적이고, 기침을 하거나 방귀를 뀌며 코 고는 순간들을 고스란히 지켜보다 잠이 들었다. 그런 시간이 되풀이되면서 여자는 아들과 자신이 한 몸을 이루고 있다는 생각에 마음이 한결 차분해지며 몸에 와닿는 가족의 의미를 실감했다.

운동기구가 들어있는 박스에서 경락의 주요 경혈점을 표시해놓은 인체도를 발견한 여자는 좀처럼 눈길을 떼지 못한다. 갓난아기 적부터 경락 마사지로 아들을 키운 여자이다. 소화를 위해 손바닥으로 배꼽 주변을 만지고, 성장을 돕기 위해 아기 다리의 뒷면에서 시작하여 엉덩이를 지나 등의 척추 양옆을 따라 올라가는 마사지를 수만 번 넘게 했다. 성장판이 있는 무릎 바깥쪽의 움푹 들어간 곳에서 조금 내려간 족삼리와 그 주변을 매일 마사지했다. 고3이 된 아들은 키가 180센티미터나 되었다. 두통, 치통, 변비, 어깨통증, 요통, 손목 통증, 무릎과 발목 통증 같은 웬만한 병은 여자의 손으로 치료했다.

아들이 초등학교에 입학하고 며칠 되지 않아서였다. 축구를 하다가 발목을 다쳐 심하게 부어오른 모습으로 집에 돌아온 아이는 울먹이며 병원에 가지고 여자의 팔을 자꾸 잡아당겼다. 통증으로 신음하는 남편의 몸을 만지고 있던 여자는 아들에게 그 정도로는 죽지 않는다고 무심하게 뱉었다. 그러자 얼굴이 빨갛게 상기되어 작은 손으로 맹수처럼 사납게 여자의 팔을 움켜잡은 아들은 동그란 턱에 얼마나 힘을 주었는지 각이 보일 정도였다. 사지가 찢어지는 것 같이 신음을 짓씹는 아버지를 힐끔힐끔 돌아보며 울먹이는 아들의 눈에서 여자는 막연한 공포를 보았다. 그것은 남편의 눈에서 본 것과 결이 같은 것이었다.

그 무렵부터 아들은 공부보다는 몸에 관심을 보이면서 근육을 키우고 단련하는데 시간과 노력을 집중했다. 새삼스럽게 경락 경혈점이 표시된 인체도를 들여다보는 시간이 많아졌고, 몸의 변화를 기록하는 노트를 만들어 매일 무엇인가를 끄적거렸다. 중학교에 들어가서 복싱을 배우기 시작하면서 걸핏하면 얼굴과 몸에 시퍼렇게 멍이 들어 오고는 했다. 여자는 멍이 든 자리를 경락으로 풀어주면서 아들의 오른쪽 뺨과 이마에 생기는 여드름 숫자까지 생생하게 기억했다. 그런 아들의 몸은 여자에게 든든하고 믿음직한 집이었다.

행방불명이 된 아들의 생사를 모르면서도 여자는 일을 나갔다. 사고대책위원회가 수색 중이니 기다려 보라는 말을 토씨 하나 틀리지 않고 매일 되풀이하는 사이 배가 완전히 바닷속으로 자취를 감추었지만 여자는 출근을 했다. 그렇게라도 하지 않으면 아들을 기다리며 견딜 자신이 없었다.

일을 나가기는 했지만 오일 바른 손으로 손님 몸의 경혈점을 찾아 누르는 여자의 손은 힘이 없어 자꾸 미끄러졌다. 여자가 애초에 배운 경락 마사지는 막힌 경락을 자극해 몸의 흐름을 원활하게 하고 열을 내어 기를 순환하는 것이 목적이었다. 하지만 시간이 지나면서 경락의 방식과 개념이 바뀌어 스포츠 마사지와 지압의 중간 형태를 이루다가 윤기 있고 탄력 있는 피부를 만들고 살을 빼주는 마사지로 변질되었고, 여자는 대부분 그런 손님을 상대했다.

여자 앞에 누워있는 손님은 육십 대 중반의 여성들로 다이어트 마사지를 받으러 자주 오는 고객이었다. 손님의 귓불 바

로 뒤 예풍 경혈을 손가락으로 눌러주면서 양쪽 눈꼬리에 수
직으로 내려와 광대뼈가 튀어나온 관료 경혈을 누르기를 반
복하는 여자의 손에서 자꾸 경련이 났다. 간신히 얼굴 마사지
를 끝낸 여자가 유난히 군살이 투덕투덕 많이 붙은 고객의 어
깨살을 빼기 위해 쇄골 아래 움푹 들어간 운문을 강하게 눌러
주면서 쇄골 끝부분에서 옆 목선을 따라 위로 올라가며 목 뒤
의 끝부분과 어깻죽지 사이의 중간지점인 곡원을 손가락으로
꾹꾹 누르지만 손가락이 자꾸 튕겨져 나온다. 사람 몸을 만지
는 것은 웬만한 기력으로는 어림도 없었다. 혼이 나간 채 진
도와 인천을 몇 번이고 오갔던 여자는 거의 먹지 못했고 잠도
부족했다. 몸 안으로 들어오는 것도 나간 것도 없었다. 여자
는 지푸라기 잡을 힘조차 없으면서도 손님 몸의 막힌 경혈을
풀기 위해 안간힘을 다했다. 그렇게라도 해야 하루를 버틸 수
있었다.

　나란히 누워 일행과 이야기를 주고받던 손님이 꿈틀 몸을
비틀어 마사지가 시원찮다는 뜻을 내비쳤다. 육십 대 중반이
라고는 믿어지지 않을 만큼 탄력 있는 그녀의 몸 위에서 여자
의 손가락이 자꾸 미끄러졌다. 옆에서 마사지를 하던 동료가
불안한 눈길을 주었지만 여자는 의식하지 못했다. 기어이 짜
증스런 목소리로 마사지가 시원찮다는 손님의 지청구가 터져

나왔다. 죄송하다고 거듭 머리를 조아린 여자가 손님의 좌우 유두를 연결하는 일직선에서 중앙으로 움푹 들어간 지점의 전중 경혈점을 꾹꾹 누르며 탄력 있는 가슴을 만들어주는 마사지를 할 때였다.

"배에서 죽은 애들 있잖아. 부모들이 애들 시체 장사한다며…"

"그렇다나 봐, 장례를 치르지 않겠다고 어깃장을 놓는다잖아."

"죽으면 다 끝인데… 빨리 놓아주어야 죽은 자도 산 자도 홀가분하지…"

혼신의 힘을 모아 전중 경혈점에서 손가락 두 마디쯤 내려 간 중정 부위를 꾹꾹 누르면서 작은 원을 그리던 여자의 엄지손가락 잘린 듯이 멈추었다. 한번 멈춘 여자의 손은 좀처럼 움직이지 않았고 눈에는 아무것도 들어오지 않았다. 사방에 어둠이 꽉 들어찬 동굴 아가리 같은 곳에서 '죽으면 다 끝인데…'하는 소리만 메아리처럼 여자의 귓속을 파고들었다. 그러자 미동조차 없던 여자의 손이 심하게 떨리면서 손가락이 창끝처럼 곧고 날카롭게 펴지며 힘이 들어가기 시작했다. 여자는 자신의 손가락이 흉기처럼 무섭게 변해가는 것을 느끼면서도 내버려 두었다. 여자는 '죽으면 끝'이라는 손님에게 묻고 싶었다. 죽음은 지금 당신이 매일매일 비싼 돈을 들여 마사지를 받는 몸이 사라지는 것인데. 당신이 어깨의 군살을 빼서 뒤태를 곧고 가녀리게 하려고 온갖 정성과 시간을 들이는 그 몸이 없어진다는 것인데… 이렇게 일주일에 두서너 번 만지는 당신의 몸도 여자의 손은 기억하는데, 하물며 20년을 쓰다듬어 온 아들의 몸인데, 당신이 엄마라도 죽으면 끝이라는 소리가 그렇게 쉽게 나오겠느냐고, 그걸 쉽게 받아들일 수 있느냐고 묻고 싶었다. 하지만 여자는 심중에서 소용돌이처럼 들끓는 말을 한 음절도 밖으로 터트리지 못하고 쇳물같이 뜨거운 신음만 뱉었다.

공장에서 해고당한 뒤 노숙을 하며 목숨 건 복직 투쟁을 하던 남편과 동료들이 하나둘씩 쓰러지거나 스스로 목숨을 끊는 시간이 흐르면서 살아남은 동료들이나 가족들이 '그만 하면 됐다' '남은 자도 생각하라'는 말을 아무렇지도 않게 하는 것을 들으며 여자는 처음으로 자신이 말을 잃은 것을 고맙게 생각했다. 그들의 처지를 이해하면서도 더 서럽고 상처가 깊었기 때문이다. 그때도 마찬가지였다. '죽으면 끝'이라는 손님의 말은 멀찌감치 떨어져 침몰하는 배에서 한목숨이라도 더 구하려고 안간힘을 다하는 어선을 향해 '철수해, 어서 철수하라'는 방송만 했다는 구조정 해경들의 목소리와 다를 바

24

가 없었다.

피가 거꾸로 쏟아질 것 같은 여자는 '죽으면 끝'이라는 말을 아무렇지도 않게 뱉은 손님의 몸에서 살아있는 심장을 꺼내 이렇게 펄떡펄떡 뛰는 것을 느끼지 못하는 것이 죽음이라고 보여주고 싶었다. 몸이 만드는 편안함, 즐거움, 고통, 배고픔, 목마름, 불편함을 느끼지 못하는 게 죽음이라고 알려주고 싶었다. 여자는 손가락 사이로 새파랗게 날을 세운 살의를 느꼈다. 날카롭게 끝이 곤두선 여자의 손가락이 수술기구처럼 손님의 쇄골 부분을 겨냥했다. 서늘한 기운이 맴도는 여자의 손가락이 정확히 쇄골을 향하는 순간 평온한 얼굴로 누웠던 손님이 섬뜩한 기운을 느꼈는지 외마디 비명을 지르며 벌떡 일어나 여자의 손을 뿌리쳤다. 여자는 손님 몸에 어떤 위해도 가하지 않았지만 바로 해고당했다.

여자는 인체 해부도를 접어서 박스에 넣어두고 다른 박스를 뜯는다. 박스 안에는 비닐 포장지에 싸인 체크 무늬 코트가 들어있다. 세탁소에서 찾아와 그대로 둔 코트는 아들이 입기에는 턱없이 작았다. 여자는 눈에서 또 뜨거운 눈물이 글썽인다.

아들이 중학교 3학년 방학 때였다. 쇼핑몰 지하에 여자의 일터가 있어 가끔 아들을 불러 마트에서 식료품을 구입해서 집으로 가곤 했다. 그날도 여자는 일이 끝날 즈음에 아들을 만나 함께 마트로 걸어가는데 브랜드 명품관 앞에서 아들의 걸음이 차츰 느려지더니 움직이지 않았다. 그런 아들 옆에서 여자는 우두커니 서 있었다. 아들이 나지막하게 물었다

"엄마, 저 옷들 입어만 보고 그냥 나와도 되지?"

여자는 고개를 끄덕이며 몇 번이나 마른 침을 삼켰는지 모른다. 여자의 대답에 힘을 얻은 아들이 성큼성큼 명품관 안으로 들어가 이 옷 저 옷을 걸치고 거울 앞에서 맵시를 보기도 하면서 여자에게 어떠냐고 물었다. 그때마다 여자는 괜스레 떨리는 가슴을 누르며 억지로 웃어 보였다. 명품관을 나오며 아들이 여자에게 농담처럼 가볍게 던졌다.

"엄마, 나 토요일에 여자 친구 만나러 가."

그 말에 여자가 앞뒤 잴 사이도 없이 아들의 손을 잡고 들어가 사 준 체크 무늬 코트였다. 그 코트를 입고 여자 친구를 만나러 나갔던 아들은 어쩐 일인지 여자 친구 이야기를 하지 않았고, 여자도 더 묻지 않았다. 그 후 수산고등학교에 진학한 아들은 늘 실습복 차림이었다.

작아서 입을 수 없게 된 체크 무늬 코트는 여자가 아들에게 사 준 유일한 명품 옷이었다. 그래서 그런지 아들은 옷을

입을 기회가 많지 않으면서도 애지중지 아끼다가 철 지나 옷장에 보관할 때에는 꼭 세탁소에서 드라이를 했다. 비닐을 벗기고 두 손으로 아들의 코트를 매만지던 여자는 코트에 떨어지는 눈물로 얼룩이 생길까 봐 닦고 또 닦는다.

여자의 시선이 책상 옆 벽에 비스듬히 기대어놓은 기타에 머무른다. 아들이 중고 기타를 들고 온 것은 고등학교 2학년 수학여행을 다녀온 직후였다. 학교에서 돌아오면 방에 웅크리고 앉아 교본을 보며 기타 줄을 튕겼지만 여자가 듣기에도 아들은 음감이 형편없었다. 어느 날 저녁을 먹은 아들이 기타를 꺼내 들고 몇 번 튕기더니 쑥스럽게 웃으며 밥상을 치우는 여자에게 중얼거렸다.

"춤추고 노래하는 것은 소질이 없나 봐."

여자는 주어가 빠진 아들의 말을 오랫동안 생각했다. 기타를 벽에 세워 둔 아들은 아랫목에 팔베개를 하고 누워 여자에게 약간은 침울하게 기타에 얽힌 이야기를 털어놓기 시작했다. 수학여행을 가서 아이들과 방에서 춤을 추고 노는데 좀처럼 박자를 따라잡을 수 없을 뿐만 아니라 발이 움직이지를 않더라고 했다. 박자를 따라잡으려 경중경중 뛰다 보니 이상한 모습에 주눅만 들 뿐이었다. 보다 못한 친구가 "그냥 따라오기만 해봐. 아무것도 하지 마. 그냥 따라와" 하면서 손을 잡았지만 아들의 몸은 금방 친구에게 무거운 짐이 되었다. 동작이 조금이라도 복잡하면 주변이 빙글빙글 도는 것 같이 어지럽고 구역질이 난 아들은 처음으로 자신의 몸이 열등하다는 것을 느꼈다고 했다. 보다 못한 친구가 음감을 익히라고 기타를 쥐 들고 오기는 했지만 잘 안 된다며 아들은 체념하듯이 덧붙였다.

"나만 빼고 다 잘해."

아들의 말에 잔잔하게 웃기만 하던 여자는 생각해보니 아들은 집에서 음악을 들은 적이 없었다. 방에 누워 지내면서 조그마한 소리에도 질색을 하는 남편 때문에 여자는 물론이고 아들도 집에서 노래를 듣거나 부른 적이 없었다. 여자는 "그 대신 넌 운동을 잘하잖아"라고 대답해주고 싶었지만 목구멍을 넘지 못하는 말이 머리와 가슴에서만 맴돌 뿐이었다. 기타 줄 퉁기는 소리를 들은 적 없지만 아들은 항상 보이는 곳에 두었고, 이삿짐을 묶으면서 가져갈 요량으로 벽에 세워놓은 모양이었다. 기타를 보는 시선이 가파르게 흔들리자 여자가 얼른 고개를 돌리는데 눈에 낡은 복싱 글로브가 들어온다.

남편이 죽은 후 눈에 띄게 의기소침해져 말이 없어진 아들은 중학교에 들어가더니 친구들과 싸우는 일이 잦았다. 그런

아들이 걱정되어 운동을 배우라고 했더니 대뜸 복싱을 배우
겠다고 의욕을 보였다. 동네 복싱체육관에 수강 신청을 하고
돌아오는 길에 여자가 아들에게 왜 하필 복싱이냐고 묻자 잠
깐 침묵하던 아들이 아빠 때문이라고 했다. 오랜만에 아들의
입에서 나오는 아빠라는 소리에 여자는 더 묻지 않았다. 한때
권투 선수를 꿈꾼 남편은 풀지 못한 오랜 소망을 아들에게 넘
겨준 모양이었다.

"아빠가 권투는 잘 피하는 것이라고 했어."

여자는 아들이 살면서 때리지는 말고 피하기만 하는 삶을
살기를 빌었다. 학교에서 돌아오면 복싱체육관으로 달려간
아들은 저녁 7시부터 9시까지 하루도 거르지 않고 복싱을 배
웠다. 3개월쯤 지나자 관장으로부터 아들이 유연하고 순발력
있으면서 근육이 좋아 권투하기에 좋은 몸이라며 본격적으로
배워보는 게 어떠냐는 문자를 받았지만 여자는 바로 답을 보
낼 수 없었다. 수강료가 적잖은 부담을 주었다. 여자가 대답
을 않자 아들이 관장이 보낸 문자를 고스란히 말로 전달했다.
운동을 시키려면 돈이 만만찮게 든다는 말을 들은 여자는 또
묵묵부답일 수밖에 없었다. 여자의 눈치를 살피던 아들이 선
언하듯이 말했다.

"엄마, 복싱이 말도 안 되게 피곤해. 나 그만할래."

여자는 아들을 만류하지 못했다. 그 후로 체육관에 나가지 않은 아들은 마당에서 발자국을 그려놓고 글로브를 끼고 앞에 상대가 있는 것처럼 주먹을 뻗고 몸을 낮추고 얼굴을 이리저리 돌려 상대방의 주먹을 피하기도했다. 여자는 부엌문 앞에서 그런 아들의 동작 하나하나를 눈에 넣고 몸으로 기억했다.

그런 아들이 어느 날 갑자기 물살이 거친 진도 바닷속에서 생사를 모르는데도, 여자는 구조작업에 최선을 다한다는 사고대책위원회의 말만 들으며 속수무책이다. 아들이 잠긴 바다에는 구조요원과 해경 외에 얼씬도 못 하게 해, 진도 팽목항을 속절없이 맴돌다 돌아온 여자는 그때나 지금이나 아들을 위해 아무것도 할 수 없는 무기력한 존재이다.

아들이 묶어 놓은 이삿짐을 풀던 여자는 그만 물러나 앉는다. 아들의 몸을 생생하게 느끼는 물건들 때문에 아들이 세상에 존재하지 않는 무서운 현실을 갑자기 깨닫는 것 같아 욕지거리가 치민다. 부엌 바닥에 얼굴을 묻고 헛구역질을 하던 여자는 냄비에서 국수가 끓어 넘쳐 바닥으로 흘러내리는 것을 보고 얼른 일어나 가스레인지 불을 껐지만 이미 늦었다. 냄비 밖으로 넘친 국수는 빗물이 흘러들어온 부엌 바닥에 하얗게 떠 있거나 가라앉기 시작한다. 여자는 빗물 위를 흘러 다니는 국수를 오랫동안 바라보고 서 있다. 무엇에도 집중할 수 없는 나날이 계속되고 있다. 국수하나 삶는 사소한 것에도 집중할 수 없다.

해고당한 날 여자는 임대아파트 계약을 파기하고 보증금을 찾아왔다. 혼자서는 임대아파트로 들어갈 수 없었다. 배의 후미가 바다 위에 남아있을 때만 해도 여자는 아들과 함께 이사하는 희망을 버리지 않았다. 하지만 그마저도 사라지고 두 달을 넘겼다. 아이들 시체라도 좋으니 빨리 건져만 달라고 부모들이 애원하고 단식을 했지만 세상은 아무 일도 없다는 듯이 마시고 웃고 떠들고 즐거웠다. 단식을 조롱하는 이들도 있었다. 그런 모습들을 보면서 불면증과 악몽, 불안에 시달리던 여자는 이제 그만 아들 곁으로 가고 싶었다. 여자는 이삿짐센터를 찾아가 진도 맹골수도로 가는 용달을 예약했다. 이삿짐센터 직원은 맹골수도가 어디인지 묻지 않았다.

부엌으로 내려서는 여자의 발목이 그사이 흘러들어온 빗물에 잠긴다. 빗물이 빠른 속도로 여자의 발목을 지나 무릎으로 올라온다. 오늘 아침, 눈꺼풀을 들어 올리는 순간 여자는 인내심이 바닥나버렸다는 것을 느꼈다. 팽팽하게 잡아당기고 있던 줄을 놓고 싶은 유혹이 생겼다. 그래서 아마도 아들이 묶어 놓은 짐을 풀어헤쳤는지도 모른다.

여자는 물 위에 둥둥 떠다니는 국수 면이 가지런히 잘라놓은 흰 무명으로 보인다. 저것들을 묶으면 수십 길 바닷속으로 들어갈 수 있을 것 같다. 그러자 마음에 산성처럼 높다랗게 쌓인 불안이 사라진다. 여자는 아들이 지상에서 사라진 후 하루하루 지날수록 세상이 무거웠지만, 오늘은 그 속에서 여전히 살아있는 자신이 무능하고 헛되고 거짓되게 느껴진다.

여자는 물 위를 떠다니는 흰 무명을 한가닥 한가닥 건져 올린다. 손에 잡힌 무명으로 여자는 수십 리 험한 물길 속에서도 절대 끊어지지 않는 무명 줄을 엮는다. 혹시 풀어질세라 무명의 매듭을 확인하고 또 확인한다. 여자와 아들을 이어주는 생명줄이다.

점점 불어나는 물이 여자의 가슴을 서늘하게 적신다. 여자는 풀리지 않게 단단하게 묶은 무명을 자신의 허리에 돌려 질끈 조여 맨다. 이제 아들을 만나러 갈 시간이 되었다는 것을 직감한 여자는 억지로 목소리를 내보지만 크흑크흑 긁히는 소리와 바람 빠지는 소리가 공존하는 공명만이 목구멍을 기어오른다. 여자는 다시 안간힘을 다하지만 닫힌 목소리가 사막의 모랫바닥처럼 서걱거린다. 여자는 온몸의 기운을 모아 목소리를 짜낸다. 그때, 굳게 닫혔던 여자의 목이 조금씩 열리면서 토막토막 끊어진 소리가 흘러나온다.

"준…호야… 이…사… 간다…"

힘겹게 말을 이어가는 여자의 핸드폰에 진도 맹골수도로
예약한 이삿짐 용달이 출발했다는 문자가 뜬다.

누구나 다 안다

여자는 아침부터 불안한 기운에 열차의 선로를 자꾸 들여다보았다. 아침 햇빛을 받아 반짝이던 선로는 금방 햇빛이 만든 그림자 속으로 숨어들어 검붉은 색을 띠었다. 선로는 그 검붉은 색 사이로 은빛 잔주름을 아로새긴 채 움직임 없는 새파란 속살을 이따금 드러내곤 했다. 여자는 지난겨울 청년을 만난 이후로 부쩍 불안을 느끼는 날이 많아졌다. 유일하게 남은 혈육인 딸이 결혼하자 떠밀듯이 억지로 이민을 내보낸 여자는 두 평 남짓한 지하철 가판대에 몸을 우벼 넣었다. 남편이 뛰어든 열차 선로가 빤히 보이는 가판대에 누에고치처럼 자리를 잡은 여자는 아침이면 어김없이 선로를 만났다. 선로는 매일매일 여자를 미쳐버리게 할 만큼 기분 나쁘면서도, 마치 사형수의 목을 옥죄는 밧줄처럼 서서히 몸을 죄어왔다. 여자는 혼자서 저항하고 반항하지만, 공허하기만 한 아침들을 보내면서 두려웠지만, 결코 그곳을 떠나지 않았다. 상처투성이의 시간을 견디며 여자는 점점 자신의 상처 속으로 침잠했다. 그사이 몰라보게 나이가 든 얼굴에 비치는 여자의 나이는 선로의 명암에 따라 기묘하게 변하고 달라지기도 했다. 체념을 머리에 이고 사는 여자는 손님들에게 과자와 음료수 등을 팔면서도 웬만해선 가판대 밖으로 나오지 않았고 좀처럼 남의 일에 상관하지 않았다. 생리적인 것을 해결하기 위해 이따금 가판대에서 나오기는 했지만 횟수를 줄이기 위해 가급적 음식을 적게 먹었다. 점점 세상에 무감각해지면서 불안에도 둔감해졌다. 청년을 만나기 전까지는.

여자는 많은 사람들과 부딪쳤지만 눈에 들어오지 않았고, 그들이 왁자지껄하게 내지르는 소리 너머 그녀가 겪은 죽음의 소리에만 귀 기울이며 살았다. 하지만 언제부터인지 점점 귀가 예민해지는가 싶더니 듣고 싶지 않아도 자꾸 사람들의 목소리가 귀에 들려왔다. 전철을 기다리는 사람들이 내뱉는 목소리가 한 덩어리로 들리는 게 아니라 하나하나 단독자의 목소리로 들려왔다. 여자는 그 목소리들이 싫었다. 이야기 듣는 것이 너무 고통스러웠다. 사람들의 말은 온갖 변덕스러운 욕망 덩어리였다. 귀를 틀어막고 발버둥을 쳤지만 크고 작은 목소리와 혼자서 중얼거리는 소리까지도 여자의 귀를 뚫고 들어왔다. 말과 말 사이사이에 낮게 이어지는 숨소리까지 또렷하게 들렸다. 여자는 그때부터 눈으로 세상을 보지 않고 귀로 세상을 보았다. 굳이 눈으로 상대를 보지 않아도 귀로 듣고 손으로 해결하면 그만이었다.

여자의 귀에 낯선 청년의 목소리가 처음으로 들려 온 것은 겨울 끝자락의 추위가 제법 매운 날이었다.

"딱, 5분만 쉬면 좋겠다."

누군가와 통화 중인 청년의 목소리에 졸고 있던 여자는 저도 모르게 밖을 향해 고개를 내밀 뻔했다. 청년의 목소리가 듣기 좋거나 특별한 무엇이 있어서가 아니라 그 목소리에 박힌 절박함 때문이었다. 여자의 귀에 익숙한 절박함이었다. 20년 전 남편의 목소리가 그랬다. 열차가 들어오는 것을 알리는 안내방송이 휴대폰 너머로 또렷하게 들려오는 가운데 남편이 말했다.

"한 푼도 없어. 단 한 푼도…"

심장에 박히는 남편의 절박한 목소리에 여자가 움찔하는 사이 열차가 내뿜는 경적소리가 휴대폰 저편에서 아득하게 들려왔다. 그 후 아무런 소리도 들리지 않고 무거운 정적만 남았다. 까마득한 침묵 속을 흘러 다니던 남편의 그 절박한 목소리를 여자는 평생 가슴에 묻었다. 20년 전의 그 절박함을 빼닮은 듯이 고스란히 묻어나는 청년의 목소리에 여자는 한동안 몸을 움직일 수 없었다. 온갖 우여곡절을 겪으며 살아온 마음과 몸이 이렇게 쉽고도 빠르게 반응하는 것은 의외였다. 여자가 커피라도 한 잔 마시면 뒤숭숭한 마음이 잡히려나 싶어 몸을 일으킬 때였다.

"이것 주세요."

순간 여자는 또 몸이 굳어지는 것을 느꼈다. 조금 전에 들었던 절박한 청년의 목소리였다. 여자는 오랜만에 고개를 들고 눈앞의 상대를 바라보았다. 컵라면을 손에 들고 내미는 청년은 고등학교를 막 졸업한 것 같이 앳된 얼굴인데 좁은 미간 사이의 도톰한 주름이 인상적이었다. 핏기없는 얼굴에 군데군데 피곤이 마른버짐처럼 얹혀있었다. 쫓기는 듯이 주위를 두리번거리던 청년이 여자에게 천 원짜리 한 장을 내밀었다. 잔돈과 나무젓가락을 내미는 여자에게 청년이 물었다.

"혹시 뜨거운 물 좀 얻을 수 있어요?"

열차 승강장에서는 조리한 음식을 판매할 수 없어 컵라면을 팔아도 뜨거운 물은 줄 수 없었다. 컵라면을 든 청년의 손이 추위에 가늘게 떨렸다. 귀밑까지 풀려 내려온 파마머리를 쓸어 올리며 고개를 저으려던 여자는 청년의 눈빛에 마음이 흔들렸다. 여자는 등을 돌려 점심 먹을 때 국을 데우는 휴대용 가스레인지에 찬물이 든 주전자를 올렸다. 그사이 청년의 휴대폰 벨이 울렸다. 벨 음이 지하철 열차의 경적소리를 닮았다.

"이곳 수리 끝내고 곧장 구로역으로 가야 해. 넌?"

청년은 통화를 하면서도 여자 쪽을 흘끔거렸다. 시간에 쫓겨 서두르는 모습을 보며 여자는 비로소 청년의 정체가 궁금했다. 무엇인가를 수리한다는 말에 가전제품의 서비스 기사인가 싶었지만 어깨에 멘 가방을 보니 그것도 아닌 듯했다.

"뭘 수리하느라 그렇게 급하누?"

컵라면에 뜨거운 물을 부어주면서 여자가 물었다. 머리를 꾸벅 숙이며 청년이 말했다.

"스크린도어요."

청년의 말에 주전자를 잡은 여자의 손이 잠깐 흔들렸다. 스크린도어라는 말이 점점 부풀어 오르더니 가판대 안을 꽉 채우는 것 같았다. 여자는 숨을 쉴 수 없는 것 같은 답답함에 두어 번 호흡을 크게 뱉으며 청년의 등 뒤로 보이는 스크린도어를 물끄러미 바라보았다. 차가운 아니 어쩌면 아주 뜨거운 것이었는지도 모를 뭔가가 갑자기 여자의 심장 위에 놓이는 것 같았다. 양손으로 컵라면을 움켜잡고 선로 끝 의자로 걸어간 청년은 순식간에 컵라면을 먹어치웠다. 채 1분도 걸리지 않은 시간이었다. 여자는 청년의 모습을 계속 지켜보았다. 쓰레기통에 빈 컵을 던진 청년이 누군가에게 전화를 걸었다. 제법 멀리 떨어져 있었지만 여자의 귀에 청년의 목소리가 또 렷하게 들려왔다.

"고장 연락을 받고 15분 전에 현장에 도착했습니다. 장애 물감지 센서에 문제가 생겼습니다. 수리 후 곧바로 구로역으 로 가겠습니다."

통화를 끝낸 청년은 들어오는 열차가 지나가기를 기다렸 다가 고장 난 스크린도어 안으로 들어가 수리를 시작했다. 청 년을 지켜보던 여자는 아슬아슬한 느낌에 좀처럼 눈을 떼지 못했다. 다행히 다음 열차가 들어오기 전에 수리를 끝낸 청년 은 시커먼 기름이 묻은 장갑을 벗고 숨 돌릴 틈도 없이 승강 장으로 들어온 열차를 타고 떠났다. 청년이 눈앞에서 사라지 고서야 여자는 생각했다. 그때 만약 스크린도어가 있었다면 남편을 비롯해 선로에 몸을 던진 수많은 죽음을 막을 수 있 었을까? 어쩌면 그럴 수도 있었을 것이라는 생각은 들었지만 확신은 없었다.

선로 위의 죽음을 막기 위해 설치한 스크린도어를 수리하 는 청년은 뜻밖에도 너무나 앳된 얼굴이었다. 그날 이후 여자는 수많은 목소리 중에서도 청년의 목소리만 집중해서 들었다. 청년은 늘 바쁘게 뛰어다니며 숨을 헐떡거렸다. 스크린도어 고장이 잦은 역이라 여자는 한 달에 십여 차례나 청년을 볼 때도 있었다. 청년은 가끔 여자의 가판대에서 컵라면을 사면서 뜨거운 물을 요청했고, 그때마다 여자는 물을 끓여 주었다.

봄 햇살이 제법 여물어진 3월 마지막 날이었다. 그날은 해가 저물어서야 헐레벌떡 도착한 청년은 여자의 가판대 근처 9-1의 승강장 스크린도어 앞에서 평소와는 달리 꽤 긴 시간 수리를 하고 있었다. 스크린도어 안팎을 점검하면서 청년은 툭하면 울리는 휴대폰을 들고 상대방과 통화를 했다.

"예, 빨리 끝내도록 하겠습니다."

휴대폰을 내려놓는 청년은 둥근 콧날과 충혈된 눈이 심하게 피곤해 보였다. 그래서 그런지 팔다리가 제멋대로 움직이는 것 같았다. 지하철을 오가는 발랄하고 경쾌한 젊은 몸과는 달리 창백하고 왜소한 청년의 모습이 스크린도어에 기묘하게 비춰졌다. 난감한 얼굴로 활짝 열린 스크린도어를 툭툭 치기도 하는 청년의 얼굴에 음울한 미소가 슬쩍 지나가기도 했다. 청년이 다시 스패너를 들고 선로 안쪽으로 들어갔다. 그때 어디선가 나타난 사내가 청년의 이름을 불렀다. 스크린도어 안쪽 선로에 있던 청년이 얼굴을 내밀더니 승강장 쪽으로 나왔다.

"여기서 이렇게 오랜 시간 있으면 어떡해?"

광대뼈가 튀어나오고 눈이 매서운 사내는 상급자인 모양이었다.

"24시간 동안 14회나 장애가 발생하는 곳입니다. 이참에 잦은 고장의 원인을 밝혀야…"

"내가 근무해 봐서 잘 아는데 여긴 원래 그런 곳이야. 이제 공고를 갓 졸업한 네가 들여다본들 원인을 찾을 수 없어."

"부장님 그렇지만…"

청년의 말을 자르며 사내가 매섭게 쏘아붙였다.

"그 참, 원인이 중요한 게 아니라니까. 당장 열차가 들어올 때에 맞추어 스크린도어가 여닫히게만 수리하는 게 자네의 일이야. 그런데 한 시간째 이러고 있으니 다른 곳은 어쩌란 말인가?"

침을 튀기며 청년을 질책하는 사내의 고압적인 목소리가 여자의 귀에 고스란히 들려왔다. 우울한 얼굴로 듣고 있던 청년이 억울한 듯이 얼굴을 붉혔다.

"부장님. 점심도 먹지 못하고 돌아다니고 있습니다."

"나도 처음에 입사해서는 삥이 치느라 점심 굶기가 일쑤였어."

"부장님 그래도 일손이 너무 부족합니다. 원래 주간 A조 인원이 열한 명이지만 교대로 쉬어야 하는 휴무자 다섯 명 빼고 오늘 출근자는 여섯 명뿐입니다. 그중 한 명은 사무실 근무이고 나머지 다섯 명이 48개 역을 담당하고 뛰어다니는 것도 한계가 있습니다."

제법 조리 있는 청년의 항변은 번번이 사내의 우격다짐에 막혀버렸다.

"그럼 인력 충당이라도 하라는 말인가?"

"…"

"자네는 실습생으로 시작해 얼마 전에 계약직으로 입사해 놓고 그런 한가한 소리를 하고 있어? 회사가 스크린 보수 하청계약을 얼마나 주고 따왔는지 알아? 솔직히 자네들 계약직에게 주는 월 143만 원도 너무 부담이 크다는 말이야. 그렇게 힘들면 다른 곳을 알아봐."

"부장님. 인력이 부족하다 보니 2인 1조 현장 출동 매뉴얼조차 지켜지지 않고…"

"현장 매뉴얼? 그래 너 말 잘했다. 현장 매뉴얼 나보다 잘 아는 사람 나와 보라고 해. 어디 한번 들려줄까?"

"부장님, 그런 말씀이 아니라…"

"잠자코 들어! 현장 2인 1조 출동. 출동 사실 역 전자운영실에 통보, 역무실과 전자운영실에 작업 시작 통보, 역무실 내의 안전문 열쇠 꺼내고 대장에 기록, 고장 현황 파악 뒤 2인 이상 필요시 지원요청. 선로 쪽 작업인 경우 승인요청. 자 이것이 원래 매뉴얼이야. 그런데 자네는 오늘 이 매뉴얼에 따라 움직였나?"

"그렇지 않습니다."

"거 봐, 그게 현실이야. 내가 해봐서 잘 아는데 매뉴얼 따라 움직였다가는 서너 곳도 못 가고 하루가 저물어. 어차피 휴짓조각 매뉴얼이야. 매뉴얼 운운하지 말고 신속하게 한 곳이라도 더 다닐 생각을 해야지."

"그렇지만 시간이 너무 부족합니다."

"누가 그걸 모르나. 하지만 자네, 고장신고 접수 후 몇 시간 안에 현장 출동을 완료해야 하는지 알지?"

"1시간입니다."

"그럼, 고장처리 24시간 이내 미처리하면 회사에서 지연배상금을 물어야 하는 것도 알지?"

청년이 힘없이 고개를 끄덕였다.

"알면서 그런 소리를 하는 거야. 그게 우리 현실이야. 어떤 경우에도 열차는 정시운행해야 한다는 것을 알면서도 그런 소리가 나오나?"

눈을 내리깔고 차가운 시선을 슬쩍슬쩍 내비치던 청년은 사내의 입에서 나온 정시운행이라는 말에 맥 빠진 목소리로 중얼거렸다.

"정시운행…"

"그래, 정시운행이 우선이야. 우리 같은 하청업체 직원들은 정시운행을 위해 배차 간격 시간에 어떻게든 수리를 마쳐야 하는 거네. 자네도 잘 알잖은가? 사람들이 잠시라도 열차 운행이 지연되면 얼마나 많은 불만과 욕설을 쏟아내는지. 조금도 참아주지 않아. 그래서 정상운행을 신줏단지 모시듯이 하는 거고. 힘들더라도 참고 열심히 해봐. 내가 해봐서 아는데 힘들다고 느끼는 시간도 잠깐이야. 자네도 빨리 계약직 꼬리 떼야 하잖아?"

처음보다는 많이 누그러지기는 했지만 여전히 목소리에 불만을 에두른 사내는 청년의 어깨를 가볍게 툭툭치고는 사라졌다. 청년은 사내의 상체가 검은 점이 되어 사라질 때까지 바라보고 있었다. 창백하다 못해 검푸른 안색에 지친 얼굴의 청년은 체념한 모습으로 공구를 주섬주섬 챙기기 시작했다. 여자의 눈에 청년의 그런 모습은 마치 이 세상으로부터 미움을 받지 않기 위해서는 무슨 일이든 그냥 적당히 해야 한다는 것을 일찍이 깨달은 모습으로 비쳐졌다. 청년이 공구를 챙겨 가방에 넣고 일어설 때 여자는 점심을 먹지 못했다는 청년의 말을 기억해냈다. 여자는 등을 돌리는 청년을 급히 불렀다.

"이봐."

두리번거리던 청년이 가판대 안의 여자를 보고는 싱긋 웃으며 고개를 숙였다. 몇 번의 뜨거운 물이 고마웠으리라. 고작 뜨거운 물에 불과했는데 청년은 환한 웃음으로 보답했다. 모처럼 여자는 가슴이 안온했다. 다가오는 청년의 얼굴에 거뭇거뭇한 땀이 묻어있었다.

"아직 점심을 못 먹었다며?"

"어떻게 아셨어요?"

놀란 듯 눈을 치뜨고 여자를 보는 청년의 몸에서 선로의 냄새가 났다. 여자는 그 선로의 냄새가 너무 차가웠다. 선로 위를 흘러 다니는 안개와도 같은 빛도 마찬가지였다.

"난 이 역사 안의 모든 목소리를 들을 수 있어."

여자는 이마의 주름과 눈꼬리를 펴고는 희미하게 웃으며 청년을 향해 농담처럼 중얼거렸다. 그 말에 청년의 입술 위로 미소가 감돌았다.

"잠깐만 기다려. 김치볶음밥 남은 게 있으니 먹고 가."

늘 조바심으로 발을 동동거리던 청년이었지만 어쩐 일인지 고분고분 여자의 말을 따랐다.

여자는 점심때 덜어 먹고 남은 김치볶음이 담긴 냄비를 휴대용 가스레인지 위에 얼른 올리고 생수 한 병을 청년 앞에 내밀었다. 단숨에 생수통을 비운 청년이 여자의 친절이 어색한 듯이 쭈뼛거렸다. 여자가 적당히 덥혀진 김치볶음밥과 숟가락을 내밀자 청년은 가방을 뒤적거려 스텐 숟가락을 끄집어냈다.

"어서 먹어. 숟가락이 참 크기도 하네."

여자가 청년의 손에 들린 스텐 숟가락을 보며 말했다.

"그래야 빨리 먹잖아요."

멋쩍은 웃음을 머금은 청년이 김치볶음밥을 한 숟가락 뜨는데 또 휴대폰이 울렸다. 청년은 얼른 김치볶음밥을 입속으로 욱여넣고 전화를 받았다. 입을 우물거리며 가만히 듣고 있던 청년이 물었다.

"생일 선물로 무얼 가지고 싶은데?"

통화를 하면서도 청년의 눈은 김치볶음밥에서 떠나지 않았다. 잠시 후에 통화를 끝낸 청년이 김치볶음밥 한 숟가락을 수북하게 입에 퍼 넣어 볼이 미어지도록 씹으며 말했다.

"동생인데 생일이 두 달이나 남았는데 벌써 생일 선물을 사달래요."

그러면서도 청년은 동생의 투정이 싫지 않은 얼굴이었다.

"동생이 몇 살인데?"

"저보다 세 살 어려요."

"넌 몇 살이야?"

"열아홉 살이에요. 1997년에 태어났어요."

1997년이라는 말에 여자는 순간 자신이 살아있으면서도 소멸된 것 같은 착각이 들었다. 여자는 1997년 외환위기 전까지만 해도 중산층의 평범한 주부였다. 사업을 하던 남편은 외환위기의 직격탄을 맞아 그동안 이룬 것을 하루아침에 잃었다. 무너지고 패배한 많은 사람들이 열차의 선로에 앞다투어 몸을 던지는 시절이었다. 어음 만기일을 눈앞에 둔 남편은 거래처를 돌며 미수금을 받으려고 애를 썼지만 몇 달 동안 한 푼도 받을 수 없었다. 도미노처럼 급격하게 모든 것을 무너뜨린 외환위기의 여파에 작은 중소기업이나 하청업체들은 줄도산을 피하지 못했다. 지하철을 기다리던 남편 역시 휴짓조각이 된 어음 같은 전망 없는 삶에 지쳐 선로의 유혹을 이기지 못했다. 그때 여자는 비로소 알았다. 인생이라는 것이 얼마나 무섭고 또 얼마나 다루기가 어려운 것인가를. 또 얼마나 제멋대로인가도 알았다. 그 일을 겪은 후 여자는 자신에게 앞으로도 여전히 괴로움이 있을 것이고, 그 괴로움의 세계 속에 둘러싸여 살아갈 수밖에 없는 나약한 존재라는 것을 절감했다. 그러면서도 살아야 한다고 독하게 마음을 다잡았지만 또 다른 고통이 그렇게 일찍 찾아올 줄은 미처 몰랐다. 진저리치 듯이 몸을 부르르 떨었지만 오랜 풍파에 노출되어 감정을 숨기기에 딱 좋은 여자의 적당히 높은 코와 가느다란 눈은 좀처럼 흔들리지 않았다. 여자는 마른 볼을 팽팽하게 당기며 청년에게 물었다.

"동생이 생일 선물로 무얼 사달라고 하든?"

"축구화요. 동생이 중학교 축구선수예요."

청년의 말이 끝나기를 기다렸다는 듯이 열차가 들어온다는 안내방송이 들려왔다. 김치볶음밥을 급히 한 숟가락 더 입에 쑤셔 넣은 청년이 여자에게 고개를 숙이더니 휙 등을 돌리고 멀어져갔다. 그런 청년을 보며 여자가 나지막하게 중얼거렸다.

"아가, 부디 몸조심하고…"

청년이 승강장의 사람들 사이로 사라져 보이지 않을 때까지 여자는 계속 그 소리만 중얼거렸다. 여자는 외환위기가 시작된 1997년에 태어난 아이가 스크린도어를 수리하러 다니는 현실에 아픔과 아이러니를 동시에 느꼈다. 죽음을 막으려고 선로를 막아선 스크린도어를 수리하러 다니는 열아홉 살 청년을 보자 여자는 떨치고 싶은 초조함과 어떤 난폭한 분노

사이에서 가슴이 맹렬하게 들끓었다. 마음속에 솟구치는 무엇인가를 들여다보며 여자는 자신도 이해할 수 없는 진폭이 큰 불안에 놀랐다. 그러자 혼란스럽고 이리저리 뒤엉켜 있어 마치 거미줄 쳐지고 먼지 쌓인 지하실 같았던 머릿속의 기억이 오늘 일처럼 생생하게 떠올랐다.

아이도 그때 열아홉 살이었다. 고등학교 졸업반이던 아이는 아버지의 죽음과 하루아침에 가족이 살고 있던 아파트에서 쫓겨나는 불운에도 의연하게 가족들을 지키려고 노력하는 장남이었다. 졸업도 전에 아이는 엘리베이터 수리 하청업체에 들어가 일을 했다. 그날 아이는 기술자를 따라 대형마트의 무빙워크를 수리하려고 나갔다. 지하 1층에서 지상 1층으로 올라가는 무빙워크 기계를 점검하는 기술자의 일을 도왔다. 원래 아래위 두 명씩 나가서 일을 해야 하는데 원청인 대형마트에서 하청을 받아 다시 재하청을 받은 하청업체는 원칙에 따른 매뉴얼을 지킬 수 있는 인력이 없었다. 아이는 아래층에서 위층 기술자의 지시에 따라 무빙워크를 조작하고 있었다. 무빙워크가 돌아가는 동안 옆에서 탠션(손잡이)를 잡아줘야 하는데 사람이 부족했다. 손잡이 작업 전에 돌아가는 발판을 먼저 뺐다. 위에서 발판 두 개를 빼놓고 밑에서는 여섯 개를 뺐다. 그러고 나서 돌리자 두 개가 먼저 돌았고 밑에서 올라올 때 위에서 정지시켜야 하는데 그럴 인력이 없었다. 아차 하는 사이 밑에서 손잡이 작업을 하던 아이의 몸이 구멍 틈에 빠져버렸다. 아이는 사고 1시간 만에 병원으로 옮겨졌으나 끝내 눈을 뜨지 못했다. 식당에서 일을 하던 여자는 딸로부터 아이의 사고 소식을 들었다. 오빠가 일하다가 다쳤는데 의식이 없다는 것이었다. 그리고 채 1분이 안 돼 다시 전화를 걸어온 딸이 오빠가 죽었다고 했다. 여자는 믿기 힘들었다. 제발 살아있기만을 바라며 병원으로 달려갔지만 아이는 끝내 눈을 뜨지 않았다. 눈을 뜨지 않고 누워 있는 아이를 보는 순간 여자는 그 자리에서 미치는 줄 알았다. 굳게 다문 입술이 열리면서 금방 엄마 하면서 일어날 것처럼 보이는데도 일어나지 않으니 더 미칠 것 같았다. 남편을 보낸 후 여섯 달을 넘기기 전이었다.

아이를 화장하고 유골을 수습한 여자는 아이가 숨진 대형마트로 발길을 돌렸다. 마지막으로 사고가 난 곳에 아이를 추모하는 꽃 한 송이를 바치고 싶어서였다. 실성한 것처럼 심상찮은 여자의 몰골을 본 대형마트 직원이 기겁을 하고 앞을 가로막았다. 여자는 아이가 사고를 당한 곳에 추모의 꽃만 놓고 나오겠다고 했지만 들여보내 주지 않았다. 영업시간에 꽃을 놓고 추모하는 것은 고객님들 보기에 좋지 않을뿐더러, 고객님들이 그 무빙워크를 이용하고 있기 때문에 불가하다고 했다. 하고 싶으면 폐점 이후에 오라고 했다. 여자의 애원에도 그들은 '고객님들 보기에 바람직하지 않다'는 말만 앵무새처럼 되풀이하면서 자꾸 이러면 영업방해로 신고하겠다는 협박도 서슴지 않았다. 여자는 대형마트를 드나드는 사람들의 빈정거림과 게걸스러운 호기심을 견디며 질기게 버텼다. 여자를 동정하는 이들도 몇몇 있었지만 거의가 죽은 아들 앞세워 돈벌이를 한다며 조롱하고 이죽거렸다. 돈이 아니라 한 송이 조화가 고작인데도 그것조차 용납하지 않았다. 여자는 그곳에서 인간의 수치심이 인간들의 눈빛만으로도 십자가에 못 박히고 몇 마디 말로 채찍질 당하는 것을 경험했다. 그곳에는 소중한 고객님과, 가슴에 단 이름표를 단 직원만 있을 뿐이었다. 고객도 아니고 이름표도 없는 여자는 그저 꿈틀거리는 한 줌의 육체에 지나지 않았다. 거리의 돌을 밟고 지나듯이 무심히 밟고 지나는 사람들뿐인 그곳에서 여자는 호기심 가득한 자들이 함부로 집적거리는 대상에 불과했다. 남편과 아들을 잃고 혼자서 아무것도 방어할 힘이 없는 여자는 치욕의 도살장 같았던 그곳 어디에서도 죽은 아이를 위한 조화 한 송이 놓을 공간을 얻지 못했다. 그들은 하청을 주었기 때문에 자신들의 잘못은 없고, 따로 할 이야기도 없다며 외면했다. 열아홉 살 아이는 하청 일을 받은 재하청 업체에서 일을 하다가 자신의 부주의로 죽어 강남 대형마트의 이미지를 실추시킨 얼간이 취급을 받았다. 죽은 아이의 사후처리를 하는 과정에서 여자는 어디에도 인간의 존엄을 찾을 수 없었다. 관공서와 회사를 비롯한 모든 곳이 귀찮은 기색이 역력했고 재수 없다는 얼굴로 불퉁거렸다. 그건 남편의 사후처리 때도 마찬가지였다. 입만 열면 내세우는 인간의 존엄은 씨톨 만큼도 찾아보기 힘든 세상이었다. 공포와 고통 속에서 여자는 인간들의 비천함이 역겨웠다. 명예니 수치니 하는 것들이 여자에게는 아무런 의미가 없었다. 세상은 여자가 겪은 비참한 불행마저 모른 척했고, 풍요로운 햇살이 터질 것만 같은 정적만 흘렀다. 그 방관의 침묵은 여자의 생각을 멈추게 하고 오직 공포와 울분만 전해주면서 여자를 손발조차 꼼짝할 수 없을 정도로 지치게 했다. 삶이 두 동강 난 여자는 매 순간 이중으로 과거와 현재를 동시에 느끼면서 살고 있었다.

오늘 오전에는 손님이 별로 없었다. 헛개수 음료수 서너 병과 우유 작은 것 서너 팩이 고작이었다. 가판대를 이용하는 사람들의 수가 눈에 띄게 줄었다. 여자는 불안한 마음에 점심도 거른 채 자꾸 귀를 기울였지만 청년의 목소리는커녕 숨소리조차 들리지 않았다. 여자는 영문을 모르는 불안에 목이 탔고 물건을 잡은 손은 허둥지둥 갈피를 잡지 못했다.

한 달 전쯤 비가 내리는 날이었다. 하루 종일 보슬비가 차분하고 지속적으로 내리고 있었다. 여자는 종일 시야를 가릴 정도는 아닌 비를 바라보다가 평소보다 늦은 시간에 가판대를 닫으려고 주섬주섬 정리를 시작했다. 그때 청년이 불쑥 나타났다. 여자는 내심 반가워 깜짝 놀라면서도 기분이 이상했다. 역사 어디에라도 청년이 나타나면 미세한 숨결을 통해서도 느끼곤 했는데 전혀 그런 기척도 없이 나타난 것이었다. 비에 젖어 번들거리는 선로에 온통 신경이 뺏겨서 그런가 하며 여자가 청년에게 물었다.

"이 시간에 고장 수리?"

"아니에요. 퇴근하는 중입니다. 캔 커피 하나 주세요."

"따뜻한 커피 한 잔 줄까?"

청년이 대답 대신 동그랗게 웃으며 천 원을 내밀었지만 여자는 짐짓 눈을 흘기며 도로 내밀었다. 여자는 일회용 컵에 믹스커피 두 잔을 타서 가판대 위에 나란히 놓았다. 비는 계속 추적추적 내리고 서둘러 귀가를 서두르는 사람들로 승강장은 평소보다 붐볐지만 아무도 가판대를 찾지 않았다. 여자는 참으로 오랜만에 누군가와 마주 보며 커피를 마셨다.

"근처 역에서 작업을 마치고 돌아가는데 갑자기 이곳으로 오고 싶었어요."

"기다리고 있었다. 끝나면 빨리 집으로 돌아와야지. 엄마
가…."

여자는 문득 무슨 소리를 하고 있지 싶어 손으로 얼른 입
을 막았다. 언제부터인지 여자는 자신이 가끔 마흔다섯 살로
돌아가 말하고 있었다. 그것을 알고 있었지만 구태여 고치려
고 하지 않았다. 아무래도 여자는 자신이 마흔다섯 살에서 기
억이 멈춘 것만 같았다. 청년과 마주 선 여자는 알 수 없는 불
안이 밀려와 가슴이 서늘했다. 그것은 언제부터인지 자신이
마흔다섯 살로 이야기하는 것을 깨달을 때와 같은 불안이고
두려움이었다. 여자는 자신의 그런 기억을 두고 태연하게 웃
을 수는 없지만 그렇다고 구태여 어찌해볼 생각이 없었다. 나
이에 따른 당연한 현상이려니 했다. 청년을 보자 그런 생각이
더욱 견고하게 굳어졌다.

청년의 가방에 꽂힌 흰 국화꽃이 여자의 눈길을 끌었다.

"뭐니?"

"벌써, 1주년이래요."

"세월호?"

"네. 그때는 저도 학생이었는데… 그동안 한 번도 찾아가
지 못했어요. 광화문에 들렀다가 집에 가려구요. 다녀오셨어

요?"

"나도 가보지 못했다."

여자는 그 작고 가녀린 생명들이 죽음과 싸웠을 것을 떠올리면 아직도 가슴이 심하게 떨리면서 관자놀이가 쿡쿡 쑤시고 망치로 내려치는 것 같은 육체적 통증이 느껴졌다.

"그럼, 시간 되면 가보실래요?"

청년이 가방에서 투명한 비닐에 싸인 흰 국화 한 송이를 여자에게 내밀었다. 흰 국화를 받아든 여자는 갑자기 널뛰는 감정에 가쁜 숨을 내쉬었다. 하얗게 흐려진 얼굴은 이전에 본 적이 없을 만큼 유약해 보였다. 두 손으로 조화를 들고 있던 여자는 가판대 옆에 가만히 올려놓았다.

"매뉴얼이 있는데도 지키지 않았대요. 지키지 않을 매뉴얼을 왜 만들어요?"

화가 난 듯이 불쑥 뱉은 청년은 입을 다물었다. 가판대 안은 어두웠고 선로에는 계속 비가 내리고 있었다. 둘 사이에 계속 침묵이 흘렀다.

"매뉴얼만 지켰어도…"

청년이 분한 듯이 또 뱉었다. 여자는 항상 침묵해왔듯이 계속 침묵했다. 다시 침묵이 흘렀다. 그때 무엇인가 툭 떨어지는 소리가 들렸다. 조화를 꺼내고 미처 닫지 않은 청년의 가방에서 떨어진 책이 무겁고도 칙칙한 침묵을 깨뜨렸다. 얼른 책을 집어 올린 청년이 자랑스럽게 뱉었다.

"저 기능 1급 공부하고 있어요. 우리 부장님도 나와 같은 고졸 출신이래요."

청년은 단단한 치아가 모두 드러나도록 웃었다. 여자는 청년의 웃음 앞에서 자신이 오랫동안 잊고 있었던 무엇을 다시 보는 것 같았다. 그것은 아침에 출근할 때마다 환하게 웃던 아이의 웃음이었다. 어떤 희뿌연 풍경을 향해 표류하는 기억에 당혹스럽던 여자가 갑자기 청년처럼 환하게 웃었다.

"아들, 잘 다녀와. 오늘도 조심하고…"

느닷없는 여자의 말에도 청년은 별로 당황하지 않으면서 깍듯하게 작별인사를 했다.

"커피 잘 마셨습니다. 다음에 또 뵐게요."

청년이 돌아간 후에도 여자는 꿈쩍을 않고 비에 젖은 선로를 바라보고 있었다. 여자의 귓가에서 '그럼, 시간 되면 가보실래요?' 하는 청년의 말이 계속 맴돌았다. 여자는 자신의 불행에 골몰하고 자신의 운명에만 골똘했다는 자괴감에 괴로웠다. 아이들을 위해 조화 한 송이 바칠 엄두를 내지 못한 스스로를 자책했다. 그때 갑자기 고막을 찢을 것 같은 굉음이 들려오면서 전에 보지 못한 엄청나게 큰 열차가 역사 안으로 미끄러져 들어왔다. 학생들을 빽빽하게 태우고 있는 열차의 몸체는 이상하게도 비스듬하게 기울었고 파르스름한 이끼로 뒤덮여 있었다. 열차 안의 학생들은 얼어붙은 자세로 말없이 출입구 앞에 서있었는데 미세한 움직임도 없이 돌처럼 굳은 모습이었다. 여자는 그 아이들 틈에 얼핏 아들의 모습을 보았다. 소리 높여 아들의 이름을 불러보았지만 목소리가 나오지 않았다. 몇 번이고 불렀지만 소용이 없었다. 스크린도어가 몇 번이고 여닫혔지만 아이들은 열차에서 내리지 못했다. 열차에 갇힌 아이들을 보고도 여자는 아무것도 할 수 없어 암담할 따름이었다. 죽은 아들에게 조화 한 송이 바칠 힘이 없었던 여자는 청년이 남겨 놓고 간 흰 국화를 집어 들었지만 가판대 안에서 망설였다. 그사이 승강장에 정차해있던 열차가 움직이기 시작했다. 다급해진 여자가 손에 들고 있던 조화를 열차 쪽으로 힘껏 던지는 순간 눈앞의 열차는 구름처럼 흩어져 형체도 없이 사라졌다. 그 대신 빗물에 젖어 암흑색으로 빛나는 선로 위에 눈부시게 흰 조화 한 송이가 놓여있었다.

아침부터 여름의 열기를 머금은 5월 하순의 태양은 오후가 되자 더욱 뜨거운 햇살을 쏟아부었다. 후텁지근한 가판대 안에서 여자는 가만히 귀를 기울이고 있었다. 비 오는 날 이후로 한동안 청년을 볼 수 없었다. 스크린도어가 고장 나지 않았다는 반증이기도 하지만 여자는 자꾸 불안해 스크린도어가 고장 났다고 신고를 할까, 객쩍은 생각까지도 했다. 눈으로 직접 청년의 얼굴을 보아야 불안이 사라질 것 같았다. 여자는 손님에게 거스름돈을 내줄 때마다 고개를 내밀어 스크린도어 쪽을 두리번거렸다.

어느덧 퇴근 시간 무렵이었다. 열차를 타려는 사람들로 승강장이 차츰 붐비기 시작했다. 그때 청년이 뛰다시피 가판대 앞으로 다가왔다. 오늘따라 청년의 바쁜 걸음걸이가 짠하게 보여 여자는 메마른 침을 꿀꺽 삼켰다. 미리 물을 끓일까 하다가 그냥 청년을 기다렸다.

"안녕하세요?"

"오랜만이네. 라면 물 올릴까?"

"시간이 6분밖에 남지 않았습니다. 끝내고 먹을게요."

청년의 말에 여자는 고개를 끄덕이며 자신도 모르게 가판대 벽에 걸린 시계를 바라보았다. 오후 5시 52분이었다. 청년은 승강장 끝으로 뛰어가면서도 동료와 통화를 했다.

"을지로역에서 고장 신고가 들어왔어. 이곳에서 끝내고 을지로역까지 30분 만에 도착해야 하는데 시간이 너무 촉박해. 혹시 대신 갈 수 있어? 그럼 빨리 끝내고 시간을 맞추도록 할게."

통화를 마친 청년은 배차 간격을 살필 여유도 없이 승강장 9-4 지점 스크린도어를 열고 들어갔다. 선로 쪽에 들어간 청년이 장애물감지센터 수리를 시작한 지 불과 1분도 채 되지 않았을 때였다. 여자는 오른쪽에서 빠르게 승강장으로 진입하는 열차를 보았다. 선로 안쪽에서 수리 중이던 청년은 미처 열차를 보지 못했다. 눈 깜짝할 사이에 열차와 스크린도어가 겹쳤다. 청년의 얼굴이 피범벅이 된 그 순간 선로를 태우는 석양의 햇살 소리가 들릴 정도로 주변은 고요했다. 그 고요 속에서 스크린도어만 하얗게 빛났다. 그것만 남은 것 같았다. 오직 스크린도어만 남기고 세상의 모든 것이 자취를 감춘 것 같았다. 눈앞에서 청년의 모습을 삼킨 스크린도어를 보면서도 여자는 속수무책이었다. 승강장에 내동댕이쳐진 청년의 가방에서 고개를 내민 스텐 숟가락과 축구화가 차마 눈물조차 흐르지 않는 여자의 눈을 아프게 파고들었다. 바로 그때 여자는 보이지 않는 문 하나가 활짝 열리면서 다른 세계로부터 불어오는 차가운 기류가 자신의 몸으로 강하게 밀려오는 것을 느끼면서 천천히 가판대 밖으로 걸어 나오기 시작했다.

20분 후 열차는 정상운행을 재개하고, 열차운행에 불편을 드려 죄송하다는 사과방송을 하고 사과문을 붙였지만 이번에도 사람은 뒷전이었다. 누구나 다 그런 현실을 알고 있었다.

돌아보지 마라

동우는 할머니와 나란히 걷는 게 처음이다. 어려서는 종종 걸음으로 할머니 뒤를 따라다니느라 바빴고, 학교에 들어가서는 늘 할머니보다 앞서 걸었기 때문이다. 그래서 그런지 어깨를 나란히 걷는 게 여간 어색한 게 아니지만, 누군가 일부러 조종하는 것처럼 발걸음이 할머니의 보폭에 맞추어지고 있다.

　아침에 소나기가 쏟아진 도로는 빗물로 번들거리지만 며칠째 계속되는 폭염으로 후끈후끈하게 달아올랐다. 고층 건물이 빽빽한 시가지를 등 뒤로 한 채 두어 시간을 걸었는데 할머니는 도무지 말이 없다. 여전히 도로는 길게 이어지는데 주변이 점점 흑백의 빛으로 어두워진다. 동우는 소나기가 또 쏟아지나 싶어 고개를 들어 하늘을 살피지만 태양 빛이 여간 강렬하지가 않다. 그런 하늘과는 너무나 대조적으로 주변의 풍경은 흑백텔레비전 시절로 돌아가는 것같이 색과 빛을 잃어 간다.

"할머니, 어디로 가는 거야?"

도로는 물론 주변의 풍경이 완연한 흑백의 경계로 들어서는 순간 동우는 고개를 돌려 할머니를 바라본다. 출근할 때처럼 가방을 어깨에 맨 할머니의 모습 역시 색이 사라진 흑백으로 바뀌었다. 순간 동우는 일식인가 싶어 얼른 하늘을 쳐다보았으나 태양은 맹렬한 기세로 타오르고 있다.

"이제 거의 다 왔다."

약간 쉰 듯하면서도 끝이 갈라지던 할머니의 목소리가 전에 없이 온전하게 모아져 동우의 귀에 들어온다. 동우는 고개를 갸웃하며 자신의 어깨선에 걸린 할머니의 얼굴을 흘끔거리지만 흑백 공간에서 음영이 뚜렷하지가 않다.

"넌 어떻게 된 일이냐?"

"뭐가?"

"주말도 아닌데 집에 왔어?"

"그런 할머니는 아침인데 왜 집에 있었어? 새벽에 일 나가면서…"

"할미가 꿈을 꾸다가 늦잠을 잔 모양이다."

"무슨 꿈?"

"…"

동우는 오늘따라 할머니의 모습이 이상하다 싶어 자꾸 고개를 갸우뚱하지만, 자신의 모습도 어쩐지 평소와 달라 보인다. 설핏 눈을 뜨니 실습을 나간 공장의 기숙사가 아니라 할머니와 둘이 사는 단독주택의 반지하 방이었다.

동우는 3학년 2학기가 시작되자 음료공장으로 현장실습을 나가면서 월요일 아침에 회사에 들어가 금요일 저녁에 집으로 오는 기숙사 생활을 시작한 터였다. 기숙사라고 따로 갖춰져 있는 게 아니고 공장 바로 옆 사무실 건물 3층 구내식당 옆에 임시로 칸을 막고 2층 침대를 놓고 사용했는데 여간 불편한 게 아니었다. 음식 냄새는 그렇다 하더라도 공장 사람들이 늦게까지 술을 마시며 내지르는 소음이 칸막이 너머로 고스란히 들려왔다. 종일 고된 현장 작업을 하고 다음 날 일을하려면 쉬어야 하는데 쉽지가 않았다. 아예 그들 사이에 끼어앉아 술을 받아마시는 동료들도 있었다. 동우는 저녁이면 할머니와 나란히 누워 듣던 반지하 방에서의 빗소리와 매미 울음이 그리웠지만 꾹 참으며 현장에 적응하려고 노력 중이었다.

옆에서 나란히 걷던 할머니가 궁금한 듯이 묻는다.

"동우야? 넌 원예과인데 공장에서 왜 다른 일을 하고 있어?"

"할머니가 그걸 어떻게 알아?"

"어떻게 알긴? 네가 이야기를 했으니 알지."

동우는 할머니가 알면 걱정을 할까 봐 말을 하지 않았지만, 실습 나간 공장에서는 그의 전공인 원예 일을 할 수 있는 현장은 없고 온통 허드렛일만 시켰다. 그래서 동우는 현장에서 자주 이용하는 지게차 면허증을 속성으로 땄다. 전공과는 무관하지만 면허를 따두면 나중에 작물이나 꽃을 재배할 때도 필요할 것 같아서였다. 회사에서는 마치 그때를 기다렸다는 듯이 동우에게 포장된 음료 팔레트를 지게차로 옮기는 일을 덥석 맡겼다. 동우는 그런 일이라도 맡게 되어 그나마 다행이라고 스스로를 다독이며 열심히 했더니 반장으로 뽑혀 관리자와 소통하는 역할을 했다. 뿐만아니라 동우가 일 눈썰미가 있다며 포장 전체라인의 일을 알려주었다. 실습생인 동우는 공장의 여러 업무를 알려주어 감사하다는 마음에 잔업까지 하면서 최선을 다했다. 원예과라 포장기계에 관한 것은 학교에서 배우지는 않았지만 회사에서 알려주는 대로 배워서 포장라인을 가동했다.

그렇게 열흘 정도 지났을 무렵 선임이 갑작스럽게 퇴사하자 회사에서는 인원 충원 없이 동우에게 포장라인 전체를 맡겼다. 힘에 겨운 숙련공의 일이었지만 동우는 시키는 대로 할 수밖에 없었다. 포장 공정은 음료를 화물차에 싣기 전에 포장하는 작업으로 자동화 기계가 팔레트에 음료를 차곡차곡 쌓은 후 랩핑을 하는 과정인데, 동우가 맡은 포장기계 라인이 자주 멈추었다. 간혹 팔레트가 투입되면서 기계의 센서를 건드려 설비가 멈추거나, 5층으로 쌓이는 음료 중간중간에 들어가는 간지(골판지) 투입 기계가 멈추는 등 고장이 잦았다. 동우는 그럴 때마다 관리자가 시키는 대로 기계 밑으로 들어가 오류를 제거하고 상태를 보고했지만 회사에서는 수리할 생각을 하지 않았다.

동우는 할머니가 놀랄까 봐 이야기하지 않았지만 벌써 두 차례나 사고를 당했다. 첫 번째는 작업 도중에 미끄러진 사고였다. 다행히 큰 부상은 없었지만 주머니에 들어 있던 핸드폰 액정이 산산조각 났다. 두 번째도 미끄러져 넘어지면서 갈비뼈를 부딪쳐 병원에 갈 정도였지만 참고 일을 계속했다. 두 사고 모두 포장기계가 고장 나 조치를 하고 나오던 중 발생한 사고였다.

영순 씨는 동우가 공장에서 다친 것을 알고 있었다. 주말에야 겨우 보는 손자의 얼굴이 반쪽이어서 왜 그러느냐고 물었지만 동우는 아무 일 없다며 입을 굳게 다물었다. 입이 무거운 성정이라 더 묻지 않았지만 하나밖에 없는 손자를 실업고등학교에 보낸 게 죄를 지은 것 같아 영순 씨는 늘 마음이 쓰리고 아팠다.

오늘은 폭염경보 속에 한낮 기온이 35도를 넘었다. 영순 씨는 오전 청소일을 마치면 10층짜리 공대 건물 지하 계단 아래를 막아서 만든 휴게실로 잠시 쉬러 온다. 그곳은 원래 청소도구 창고였던 곳을 개조해 만들었는데 선풍기 한 대와 환풍기가 하나가 달려있다. 곰팡내가 너무 심해 청소부들이 자비를 들여 직접 설치한 조그마한 환풍기가 그나마 외부로 연결되는 통로였다. 휴게실에서는 출입문을 함부로 열 수도 없다. 관리실에서 출입문을 열면 학생들이 드나드는 강의실 문이 바로 보여 미관상 보기 싫으니 문을 닫고 있으라고 했다. 그러니 폭염이 며칠간 계속되어도 문을 닫고 있을 수밖에 없었다. 땀이 줄줄 흘러내리는 몸으로 선풍기 앞에 앉았으나 휴게실 안의 온도는 30도를 넘길 정도로 무더웠다. 봄부터 휴게실 위치를 옮겨달라, 에어컨이라도 설치해달라, 애원해도 학교에서는 들은 척도 않았다. 교도소 독방보다 협소한 공간에서 영순 씨를 비롯한 세 명의 청소원들이 더위를 견뎠다.

계속되는 폭염에 지친 영순 씨는 아침부터 머리가 띵하고 가슴이 옥죄는 것처럼 답답했지만 조퇴를 할 수 없었다. 용역업체와 1년마다 재계약을 하는데 회사에 밉보이면 6개월이나 3개월 단위로 계약을 하기 때문이다. 일전에 너무 더워 사람이 살 수 없으니 에어컨을 설치해달라고 계속 청원을 넣던 반장은 연말 재계약에서 탈락했다. 올해 칠순인 영순 씨의 처지에 이만한 직장 구하기도 힘든 게 현실이었다. 이곳에 오기 전에는 식당에서 오랫동안 일을 했는데 장시간 고무장갑을 사용하면서 생긴 피부염 때문에 견딜 수 없어 지인을 통해 알게 된 용역업체에 뒷돈을 찔러주고 얻은 일자리였다. 영순 씨는 잠시나마 눈을 붙이려고 선풍기 앞에 누웠다. 뜨거운 공기를 내뿜는 선풍기 바람 때문에 땀이 식을 줄 몰랐지만, 지쳐 곧 잠이 들었는데 꿈을 꾸었다.

여고 1학년 열일곱이었다. 그해 서울에 세종로 지하도와 명동 지하도가 생겼는데 두 곳은 서울의 명물이었다. 영순 씨는 명동 지하도에 서 있었다. 서울시 도시계획과에 근무하는 아버지 덕분에 명동 지하도 준공식을 볼 수 있었다. 그날은 마침 학교 개교기념일이어서 친한 친구 둘과 함께 그곳에 갔다. 특유의 추진력으로 불도저 시장으로 불리던 서울시장이 환하게 웃으며 준공식 테이프를 끊는 그 자리에 아버지도 있었다. 영순 씨는 그때의 아버지 얼굴이 잊히지 않았다.

잠도 잊은 채 일에 매달리던 아버지는 광대뼈가 두드러질 정도로 얼굴이 상해 있었다. 잇몸이 두드러지게 웃는 시장과 달리 아버지는 별다른 감흥이 없는 얼굴로 현장에서 아랫사람들에게 이것저것 지시를 하느라 분주했다. 화려한 준공식이 끝나자마자 일어난 뜻밖의 일에 무표정하던 아버지의 얼굴이 일그러지면서 어쩔 줄 몰라 했다. 준공식이 끝나기를 기다렸다는 듯 수십 명의 구두닦이와 거지들이 지하도 계단을 점령하고 앉았기 때문이었다. 이십 대 후반에서 삼십 대 초반인 구두닦이들이 지하도 양쪽에 열댓 명씩 진을 치고 앉아 호객행위를 하는데 영순 씨가 어쩌다가 그 일행과 섞여버렸고, 멀리서 그런 딸을 물끄러미 바라보는 아버지의 당혹스러워하는 얼굴이 선명했다. 그 얼굴이 마치 살아있는 것처럼 생생한 바람에 영순 씨는 놀라 잠이 깼지만, 가슴을 압박하는 통증과 함께 갑자기 숨이 쉬어지지 않았다.

"할머니, 무슨 꿈이었는데 늦잠을 잤어?"

동우가 다시 물었다. 영순 씨는 방금 현실로 겪은 것 같은 선명한 꿈을 차마 동우에게 들려줄 수 없어 얼버무린 듯이 뱉는다.

"할미, 어린 시절 꿈…"

"그러니까 무슨 꿈이냐고?"

다른 날과 달리 뭔가 이상하다는 것을 깨달았는지 동우는 여간 집요한 게 아니다.

"그나저나 넌 어떻게 된 거냐? 공장에서 일하다 두 번이나 다쳤으면 할머니에게 말을 했어야지…"

"누가 다쳤다고 그래. 할머니는 아무것도 모르면서…"

발칵 성을 내면서 고개를 돌리는 동우의 눈에 수많은 사람이 모여있는 곳이 보이는데 빛이 사라진 대지 위였다. 그 순간 동우는 할머니와 나란히 걷는 지금이 그동안 겪은 시간과는 확연히 다르다는 것을 느낀다. 몸에 와닿는 바람의 무게도, 빛의 따가움도 전혀 느껴지지 않는다. 몸이 아무런 저항도 받지 않고 그냥 앞으로 나아가는 것 같다. 새까맣게 모인 사람들의 정체가 궁금해 서두르는 마음과 달리 발걸음은 정해진 보폭과 속도를 넘어서지 않는다. 그건 할머니도 마찬가지이지만 동우는 쫓기듯이 재촉한다.

"할머니 빨리 걸어요."

"동우야. 이제는 서두르지 않아도 된다. 그럴 필요가 없어졌다."

늘 애면글면하며 종종거리던 평소의 모습과 다른 할머니의 모습에 동우가 갈피를 잡지 못하는 사이, 수많은 사람이 모인 곳에서 내지르는 어마어마한 함성이 들려온다.

순간, 동우는 지난겨울, 광화문 광장을 꽉 메웠던 수백만 인파가 손에 들고 있던 촛불이 떠오른다. 학교 야간 실습이 끝나고 집으로 돌아가는 길에 이따금 그 집회에 기웃거리느라 밤이 늦어 집에 들어가면 텔레비전으로 그 현장을 지켜보던 할머니가 근심스러운 얼굴로 동우의 행색을 꼼꼼하게 살피곤 했었다.

지금 저곳의 사람들은 누군가의 지휘에 따라 일사불란하게 움직이는 것 같았다. 그때 나란히 그들을 지켜보던 할머니가 쑥스러운 듯이 나지막한 목소리로 동우를 부른다.

"동우야. 할미가 여고 1학년 때 말이다…"

"여고 1학년?"

동우는 할머니의 입에서 나온 여고 1학년이라는 말이 낯설다.

"그럼, 열일곱 살?"

"그래. 그때 미국 대통령이 한국에 왔었어."

"미국 대통령?"

"저 사람들은 모두 미국 대통령을 기다리고 있어."

"저렇게 많은 사람들이?"

"그래, 그때는 그랬어…"

미국의 제36대 대통령 존슨이 한국에 온 것은 1966년 10월 31일이었다. 그때 영순 씨는 여고 1학년 학생으로 그 환영인파에 섞여 있었다. 한국전쟁 이후로 미국은 우리나라 최고의 우방이었다. 그래서 미국 대통령이 방한할 때는 언제나 범정부적인 환영 행사를 개최하면서 동원하는 환영인파가 실로 엄청났다.

특히 존슨 대통령이 방한한 1966년 10월 31일~11월 2일의 2박 3일은 한편의 화려한 연극무대 같았다. 당시는 베트남전쟁이 치열할 때였다. 존슨 대통령은 그 전쟁을 반공反共의 성전聖戰이라 선전하면서 자신을 자유 세계 영도자로 과시하는 아시아지역 순방 중이었다. 건국 이래 최대의 손님을 맞게 된 정부와 서울시는 환영 행사에 엄청난 인원을 동원했다. 김포공항에서 한강대교, 용산 삼각지, 시청 앞 광장에 이르는 도로 양쪽에 학생과 시민들이 양국 국기를 들고 있었고, 시청 앞 광장에는 30만 명이 넘는 학생, 시민이 모여있었다.

그날 영순 씨는 시청 앞에 있었다. 가을 하늘은 높고 청명했다. 소풍을 나온 듯이 들뜬 영순 씨와 친구들은 양국 국기와 미국 존슨 대통령의 얼굴이 그려진 도화지, 나무판자, 피켓을 마구 흔들면서도 친구들과 수다를 떨었다. 학교에서 점심을 먹고 곧장 시청 앞으로 나왔으니 벌써 두어 시간이 흘렀지만 기다리는 미국 대통령은 좀처럼 나타나지 않았다. 환영식을 하는 서울시청에서 청와대를 향하는 연도에는 깃발을 흔드는 학생과 시민으로 꽉 찼고, 광화문 네거리에는 한복차림을 한 연예인들이 꽃다발과 꽃바구니를 들고 미국 대통령을 기다렸다. 이날 얼마나 많은 인원이 동원되었는지는 정확히 알 수 없지만 200만 명이 넘었다는 소문이 들렸다. 그때 서울시민의 수가 350만 명이었으니 2백만 명은 엄청난 숫자였다. 그 속에 파묻혀 있던 영순 씨는 시간이 지날수록 차츰 미국 대통령 환영 행사라는 게 지겹고 시시하게 느껴졌다. 담임 선생님의 엄한 감시 때문에 빠져나갈 엄두를 내지 못하면서도 눈길은 자꾸 파란 하늘 너머로 향했다. 당장 교복을 벗어버리고 빨간 잠자리가 되어 파란 하늘을 팔랑팔랑 날고 싶었다.

시청 정문 앞에 동서 64계단으로 이루어진 넓은 단상이 마련되었다. 단에는 평화대라는 이름이 붙여졌고, 계단에는 아름다운 미모의 아가씨들이 서 있었다. 평화대 주위는 수백 개의 노란 국화꽃 화분으로 뒤덮여 있었다. 시청 건물 상단에는 우리나라 대통령과 존슨 대통령의 대형 초상화가 걸렸고, 하늘에는 특별히 제작한 태극기와 성조기가 바람에 힘차게 나부꼈다. 서울시청에 운집한 30만 명의 환영 인파는 이미 오후 3시부터 질서정연하게 자리를 잡고 미국 대통령을 기다렸다. 환영의 노래를 부를 3천 명의 학생들은 함부로 몸을 움직이지도 못했다.

거구의 존슨 대통령이 시청 앞에 마련된 환영식장에 도착한 것은 오후 5시가 넘어서였다. 경찰군악대의 '텍사스의 황색장미'가 울려 퍼졌고, 3천 명의 학생 합창단이 아리랑을 경쾌하게 불렀다. 한복차림의 여고생 20명이 꽃가루를 뿌리는 가운데 존슨 대통령은 평화대에 마련된 의자에 앉았다. 기다리다 지친 영순 씨는 북극곰처럼 덩치가 큰 미국 대통령이 이상하게 징그러웠다. 기다린 시간에 비해 환영식은 고작 30분 정도였고, 존슨 대통령의 연설은 10분이었는데 그를 둘러싼 사람들은 열두 번이나 박수를 보내며 엄청난 환호성을 내질렀다.

영순 씨는 광화문 광장에서 촛불 집회가 이어지던 겨울부터, 잠이 들면 그날의 그 현장이 촛불 집회와 마구 뒤엉키는 어지러운 꿈을 꾸기 시작했고, 잠에서 깨면 가슴을 옥죄는 이상한 불안감에 뜬눈으로 새벽을 맞고는 했다.

"할머니, 우리 지금 어디로 가는 중이야?"

몇 시간 째 낯선 길을 걷는데도 할머니의 얼굴은 평온하다. 늘 걱정과 근심이 켜를 이룬 주름진 모습만 보아온 동우는 그 모습이 어쩐지 생경하다.

"가보면 안다."

영순 씨는 지난겨울 광화문 광장에서 서울시청까지 꽉 메운 수백만 명의 시민들이 손에 손에 촛불을 들고 함성을 지르는 광경을 텔레비전으로 지켜보다가 잠이 들면 꾸는 꿈 때문에 여간 힘들지 않았다. 1966년 여고 1학년, 시청 앞 광장에 미국 대통령이 오는 날은 기억하기도 싫을 만큼 끔찍한데도 자꾸 꿈에 보였다. 떠올리기 싫은 그때가 나타나 여간 괴로운 게 아니었다. 잊지 못하는 것은 지옥이었다. 그녀의 아버지에게 닥칠 불행한 일이 일어난 단초가 바로 그날이었기 때문이다.

아버지의 불행은 미국 대통령 방한을 중계하던 미국 측 TV 촬영기사가 아무 생각 없이 카메라의 방향을 돌리면서부터였다. 존슨 대통령의 방한 모습은 한·미 양국의 TV 방송국으로 실황중계 되었는데 김포공항에서부터 시작해 시청 앞 환영식이 하이라이트였다. 시청 앞 환영식도 실상 공항에서부터 계속되어온 환영의 연장에 불과했다. 그것을 30분간이나 계속 방영한다는 것이 지루했던 모양인지 미국 측 촬영기사가 두 대통령이 앉아 있는 평화대에만 초점을 맞추던 카메라의 방향을 슬그머니 바꾸기 시작했다.

시청 맞은편 중국인 마을의 모습이 가장 먼저 전파를 탔는데 어이없는 슬럼지대였다. 서울의 가장 중심인 시청 앞 광장 일대가 슬럼지대라는 사실만으로도 충분한 뉴스거리였다. 이어서 카메라는 천천히 중국인 마을과 남창동, 회현동을 거쳐 남산 중턱까지 비추었다. 그 부근의 고층 건물이라고는 3~4층에 불과한 한국은행 본관과 신세계백화점 정도가 고작이었다. 1930년대 이전에 지은 일본 적산가옥이 연속으로 비추어지면서, 그 사이사이 무허가 판잣집들의 처참한 모습이 카메라에 고스란히 잡혔다. 이 광경을 지켜본 미국인은 물론이고 전 세계인들이 경악했다. 한국군의 베트남 파병으로 대다수의 미국인과 유럽인들은 한국을 제법 잘 사는 나라로 인식하고 있었다. 그런 생각을 가지고 TV로 중계되는 존슨 대통령의 환영식 광경을 지켜보던 그들은 한국의 초라한 모습에 어안이 벙벙했다. 그 때문에 정부와 서울시민들이 정성을 다해 준비한 존슨 대통령의 환영식은, 한국이라는 나라가 정말로 가난한 나라라는 것을 전 세계에 알려주는 행사가 되고 말았다.

하지만 텔레비전이 널리 보급되지 않은 시기여서 서울의 그런 모습이 미국과 유럽에 텔레비전으로 방영된 사실을 대다수의 한국인들은 알지 못했다. 그 광경을 보면서 실상을 가장 뼈저리게 느끼고 부끄럽게 생각한 사람들은 뜻밖에도 미국으로 이민 간 해외 교민이나 유학생들이었다. 훗날 영순 씨가 듣기로는 이때의 TV 방영이 있은 후 한참 동안 해외 교민들이 얼굴을 들고 다닐 수 없을 정도로 창피해했다고 한다. 교민들은 모이기만 하면 존슨 대통령 환영식에서 비춰진 서울의 모습을 입에 올린 모양이었다. 그러다가 그해 교민 송년회 자리에서 누군가가 발의해 서울시청 주변의 슬럼지대를 깨끗하게 해달라는 탄원서를 교민 공동의 이름으로 작성해 청와대로 보냈고 그 내용이 대통령에게 보고되었다.

보고를 받은 대통령은 시청광장 앞 중국인 마을은 물론이고, 가파르게 늘어나는 무허가 판잣집을 정리하라는 긴급 지시를 내렸다. 영순 씨의 아버지는 대통령의 그 지시를 온몸으로 감당해야 할 서울시청 도시계획과 공무원이었고, 그런 아버지를 통해 영순 씨는 그날의 이 기막힌 이야기를 생생하게 들을 수 있었다.

"할머니 난 저곳에 가기 싫어."

"왜?"

"어쩐지 무서워요."

"그 추운 밤 광화문 촛불 집회는 무섭지 않았고?"

"할머니는 그것도 알고 있었어?"

"내가 우리 손자에 관해 모르는 게 있을까…"

"할머니, 그곳에 가면 이상하게 안심이 되어 몇 번 갔었어."

동우는 야간 실습으로 지친 몸을 끌고 참가한 촛불 집회에서 사람들의 힘을 보았고 희망을 본 듯도 했는데, 그게 어쩐지 자신을 안심시키는 것 같았다. 하지만 3학년이 되어 나간 현장은 광장과는 달랐다. 추운 겨울 마음을 훈훈하게 만들던 추운 광장에서의 안심은 느껴지지 않았다. 실습생들은 값싼 소모품이었다. 차별이 만만찮았고, 효율성을 위한 복종과 억압이 보란 듯이 존재했다.

"안심이 되었어? 할미는 걱정했는데…"

말끝을 흐리는 할머니를 보며 동우는 공장에서의 사고도 그렇고… 야간 실습 끝나고 몇 번 참가한 촛불 집회도 그렇고… 누군가 고자질을 하지 않고서야 할머니가 알 수 없는 일이라고 생각하면서 자꾸 고개를 갸웃거렸다.

동우는 수많은 사람이 모여 몇 시간 동안 미국 대통령을 기다린다는 시청 앞이 가까이 가기조차 꺼림칙하다. 그 앞을 빨리 지나가지고 할머니의 손을 잡고 재촉하지만 마음과 달리 걸음은 일정한 보폭을 유지한 채 평온하기만 하다.

"동우야, 할머니도 저곳이 싫다. 그렇지만 그렇게 서두르지 않아도 된다."

잡아끄는 동우의 손바닥을 지그시 누른 할머니는 오랫동안 가슴 속에 담아두었던 말을 힘겹게 입 밖으로 끄집어낸다.

"그런데 넌 어떡하다가 그런 일을 당했니?"

할머니의 '그런 일'이라는 말에 동우는 갑자기 정신이 돌아온 듯 자신의 몸을 찬찬히 훑는다.

오늘 오전 일을 시작할 때였다. 팔레트에 음료를 쌓고 있는데 맨 아래층 팔레트가 투입되면서 또 센서를 건드린 모양인지 자동기계 설비가 멈추었다. 동우는 늘 그랬듯이 고장 원인을 찾기 위해 기계 밑으로 들어갔다. 센스와 간지 투입 기계를 한참 살피는데 갑자기 멈추었던 기계가 돌아가기 시작하면서 순식간에 그 위에 몸이 끼어 비명조차 제대로 지르지 못하고 숨이 막혀왔다. 순간 할머니를 떠올렸는가 싶었는데 자신의 몸이 갑자기 허공으로 솟구치는 것을 느꼈고, 곧 피투

성이 자신의 몸이 잠깐 보이는가 싶더니 할머니가 잠든 집에
와 있었다.

동우는 이제야 오늘 그 짧았던 순간 자신에게 일어난 일을
이해할 수 있었다. 공장에서의 사고로 자신은 이미 숨이 끊어
진 것이다. 그럼? 동우는 새삼스럽게 옆에서 나란히 걷고 있
는 할머니의 모습을 아래위로 살핀다.

"할머니는 어떻게 된 거야?"

"할미가 꿈을 너무 오래 꾸었나 봐."

뜨거운 열기가 빠져나가지 않은 휴게실에 쉬려고 누웠다
가 깜박 잠이 든 영순 씨는 낮잠을 너무 잤다 싶어 얼른 눈을
떴지만 감긴 눈이 좀처럼 벌어지지 않았다. 마치 뜨거운 훈증
탕에 들어온 것처럼 가슴이 답답하고 숨쉬기가 곤란했다. 같
이 일하는 동료들이 내뱉는 말이 멀리서 메아리처럼 귓속에
서 왕왕거렸다.

"잠이 들었나?"

"뭐야? 어서 일어나."

"왜 이래? 어서 눈을 떠봐."

하는 소리를 마지막으로 아무것도 들리지 않았다. 잠깐 암
흑천지같이 사방이 어두워지면서 몸이 가뿐해지더니 자신의
몸이 출근 전의 모습으로 반지하 방안에 누워있었다. 영문을

몰라 어리둥절한 가운데도 옆을 보니 동우가 잠들어 있었고, 얼굴을 보자 안심이 되어 조금 더 눈을 붙였다.

영순 씨 역시 자신이 이 세상 사람이 아니라는 것을 알았지만 70년이나 살아낸 목숨이라 아쉬울 게 없다. 하지만 이제 갓 열아홉 동우는 너무 짠한 목숨줄이다. 허나, 이미 짊어지고 나온 제 운명을 거스르지 못한다. 그때 아버지가 그랬듯이…

영순 씨는 엄마가 챙겨주는 속옷과 반찬 약이 든 가방을 들고 아버지가 일하는 시청 도시계획과 사무실을 찾아갔다. 그 사무실은 시청 본관 4층 동남쪽 구석방에 있었다. 창문으로 내려다보면 소공동 중국인상가가 정면으로 보였고, 더 위로는 남산이 보였다. 아버지는 매일 창 너머로 중국인 상가를 내려다보며 무허가 판자촌을 당장 정비하라는 대통령의 지시를 이행하기 위해 머리를 싸매고 있었다. 아버지는 도시계획 이론에 밝았고, 구획정리 업무에 능한 공무원이기는 했지만 무허가 판자촌 사람들을 무자비하게 쫓아내는 작업을 서둘러 할 수 있는 강단은 없었다. 그들이 눈에 밟혀 대통령의 지시를 이행하는데 시간이 걸렸고, 가끔 무작정 철거의 부당성을 토로한 아버지는 어느 날 출근길에 검찰에 끌려가 꼬박 나흘 동안 부패 혐의로 조사를 받고 재산을 몰수당하고 직장에서도 쫓겨났다. 미국 대통령 존슨의 방한 일 년이 채 되지 않아서였다. 살던 집에서도 밀려나 자신의 손으로 정리하던 무허가 판자촌으로 옮겨온 아버지는 스스로 목숨을 끊었다.

그때부터 영순 씨의 인생은 롤러코스터를 탔다. 아버지가 죽고 탈상도 하기 전에 엄마와 오빠가 죽었다. 엄마는 인도로 뛰어오른 버스에 치여, 군인이었던 오빠는 총기 오발 사건으로 죽었다. 아버지와 어머니 모두 이북에서 월남한 집안이라 남쪽에 일가친척이 없었다. 하루아침에 고아가 된 영순 씨는 겨우 여고를 졸업하고 아버지 친구의 도움으로 전화국 교환수로 들어가 혼자 남은 목숨을 책임졌다. 그 후 그녀가 살아온 삶은 서울의 무허가촌을 전전하며 살아온 다른 사람들과 대동소이했다.

"동우야, 엄마 아빠 보고 싶지 않아?"

영순 씨는 동우가 지금까지 단 한 번도 엄마, 아빠를 찾지 않은 것이 대견하다. 물론 어려서 울면서 엄마, 아빠를 찾기는 했지만 제 손으로 똥오줌 가리고 몸을 씻고 옷을 챙겨 입게 되면서 아이는 금기어처럼 그 말을 입에 올리지 않는다. 신통하고도 이상한 일이지만, 지금도 건들기만 하면 고름이 주룩주룩 흘러내릴 영순 씨 가슴의 아물지 않는 상처이다.

고아로 떠돈 영순 씨는 평생 혼자 살 작정이었다. 그래서 스무 살이 넘어서는 절에 들어갈까 고민도 하고, 수녀가 되는 길을 생각한 적도 있었지만 접었다. 아버지와 같은 공무원이 되고 싶은 욕망 때문이었다. 전화국 교환수로 일하면서 계속 공무원 시험공부를 준비해 몇 번의 고배 끝에 합격했지만 신원 조회에 걸려 최종 낙방을 한 것이 스물아홉 살이었다. 아버지에게 씌워진 부패 혐의가 연좌제처럼 그녀의 발목을 잡았다. 그때부터 영순 씨는 10년 동안 다니던 전화국 교환수 일을 집어치우고 무작정 여기저기 떠돌았다. 몇 달 동안 절에 들어가 있기도 하고, 산속의 기도원을 찾아다니기도 했지만 생의 어떤 의미도 만나지 못했다. 그러다 서른둘에 처음으로 사랑하는 남자를 만났다. 결혼을 약속하고 몸을 허락했지만 돈을 벌겠다고 중동으로 떠난 남자는 소식이 없었다. 남자가 떠난 후에야 영순 씨는 뱃속 태아의 존재를 알았다. 고아가 된 후에 혼자라는 외로움에 몸을 떨며 살던 영순 씨는 온몸으로 느껴지는 태아의 발길질이 따뜻하고 소중했다. 행복한 마음으로 아이를 낳았는데 딸이었다. 영순 씨는 온갖 일을 전전하면서 아이를 위해 살았다. 제법 공부를 잘한 딸아이는 대학에 들어가 운명처럼 운동권을 떠나지 못하더니 졸업 후에도 야학을 지키면서 임신을 했고 혼자서 아들을 낳았다. 그런 딸이 수배 중이던 아이 아빠가 외국으로 밀항했다며 네 살 동우를 영순 씨 곁에 남기고 떠났다. 영순 씨는 딸이 간 곳이 어디인지, 왜 갔는지 아무것도 모르고 알고 싶지도 않았다. 그저 눈이 새카만 아이를 앞에 앉혀두고 같이 죽을까? 살까? 생각하느라 며칠 아무것도 먹지 않았다. 아이가 울면 감정 없는 손길로 밥을 먹였다. 넙죽넙죽 잘 받아먹으며 방그레 웃는 아이를 보며 영순 씨는 차마 죽을 수는 없었다. 아이와 함께 밥을 씹어 삼키며 또 한 번 모진 마음을 곧게 다잡았다.

이제 코밑이 거뭇거뭇해진 그 아이와 나란히 걷고 있는 영순 씨는 후회가 된다. 차라리 그때 같이 죽었으면 오늘 같은 날은 없었으리라. 무슨 영화 같은 세상이 있다고 믿으며 그 참혹했던 순간을 넘어서고 그 세월을 견뎠을까? 영순 씨는 느닷없이 한꺼번에 몰아치는 세월의 잔상 앞에서 정신이 롤러코스터를 탄 듯이 어지러울 뿐이다.

동우는 할머니의 물음에 엄마, 아빠를 떠올리지만 존재하는 실체가 아닌 엄마, 아빠라는 단어만 떠오를 뿐이다. 그들에 관해서는 아무런 기억이 없다. 이런 날 이런 장소에서 그들을 소환하는 할머니가 석연찮을 따름이다. 설마 그들을 만나러 가는 것은 아닐까? 동우는 갑자기 마음이 불안해져 떨리는 목소리로 묻는다.

"할머니, 엄마 아빠 만나러 가?"

"아니다. 새삼스럽게…"

영순 씨는 미국 대통령을 보기 위해 수많은 인파가 모여있는 시청 앞에 눈길도 주지 않은 채 계속 걷는다. 흑백필름 같은 주위 풍경과 달리 하늘은 눈이 부시도록 파랗다. 그런 하늘이 끝없이 이어지는 길을 걸으며 동우는 오랜만에 즐겁다. 결핍이 생활화된 19년이었다. 동우의 의지와는 상관없는 결핍이었다. 엄마 아빠는 물론 형과 동생도 없었고, 침대도 없었고, 친구들이 신고 다니는 몇십만 원짜리 신발도, 백만 원이 넘는 옷도, 고가의 핸드폰도 없었다. 부럽지는 않았지만 이따금 자신을 서럽게 하던 그 결핍을 보상하고도 남을 파란 하늘이다. 태어나 한 번도 본 적이 없는 하늘빛이 펼쳐진 길을 동우와 할머니는 소풍 나온 듯이 성급하지 않은 걸음으로 나란히 걷는다.

얼마쯤 걸었을까? 할머니가 걸음을 멈춘다.

"다 왔다."

눈앞은 아무것도 없이 텅 빈 대지인데, 그 위로 파란 하늘은 계속 이어지고 있다.

"할머니, 여기가 어디인데?"

"할미와 동우가 애초에 있던 곳이다."

"할머니, 아무것도 없는데…"

"기다려라, 곧 보일 테니까. 그런데 한 가지 명심할 게 있다."

"뭔데?"

"절대 돌아보지 마라. 우리가 걸어온 등 뒤의 세상이 아무리 보고 싶거나 궁금해도 돌아보아서는 안 된다."

"왜?"

"돌아보는 순간 우리가 갈 곳이 없어진단다."

"할머니, 걱정하지 마. 그럴 일은 없어."

날카로운 칼로 자르듯이 단호하게 대답을 한 동우는 지금까지 살아온 등 뒤의 세상은 보고 싶지 않다. 그립지도 않다. 그곳으로 돌아가고 싶은 마음이 추호도 없다. 자신을 기다리고 있는 눈앞의 다른 세상으로 가고 싶다.

그런 동우의 마음을 읽었는지 할머니가 살그머니 동우의 손을 잡는다. 그러자 파란 하늘이 반사한 태양 빛이 신비로운 검처럼 동우의 심장과 골수를 반으로 가르면서 마지막으로 몸을 감싸고 있던 생과 죽음의 헐떡이는 실재가 사라지고, 눈앞 텅 빈 대지에 환하고도 파릇파릇한 봄이 찾아오기 시작한다.

그건 영순 씨도 마찬가지이다.

아무도 모른다

사무실 문을 열자 커피자판기 주위에 벌써 몇 사람이 모여 앉아 있었다. 강씨가 종학이에게 고개를 끄덕이며 궁둥이를 들어 자리를 만들었다. 그 자리에 엉거주춤 끼어들며 종학은 작업지시서가 붙은 벽을 슬쩍 훑어보았다. 아직 비어있었다. 오늘은 주택가가 아니라 공동 정화조가 있는 건물이었으면 싶었다. 일을 하다 어머니가 도착한다는 시간에 맞추어 잠시 집에 다녀와야 했다. 그러려면 점심시간 전에 출발해야 대충 몸을 씻고 작업복을 갈아입을 시간이 있을 것 같았다.

  종학은 자판기에서 커피를 한 잔 뽑아 들었다. 6월 말인데 때 이른 더위가 기승을 부린 것이 벌써 며칠째였다. 아침부터 등줄기에 땀이 흥건하게 터를 잡아갈 모양으로 축축해지고 있었다. 구청으로부터 청소대행을 받은 업자에게 정화조 청소만 다시 재하청을 받은 회사에는 직원 휴게실이 따로 없었다. 책상 위에 커피 자판기가 하나 놓인 이곳이 휴게실이자 직원들이 작업을 지시 받는 곳이었다. 종학은 이 업체의 정식 직원이 아니고 알바였다. 옆에 앉은 강씨의 얼굴이 오늘도 어두웠다. 7년째 이 일을 하고 있는 강씨는 요즘 머리가 자꾸 아파 지금도 시난고난한 얼굴로 식은땀을 흘리고 있었다.

작업지시서를 든 작업반장이 들어왔다. 종학이와 강씨는 다행히 상가건물 정화조 담당이었다. 강씨가 시르죽은 얼굴에 애써 웃음기를 끼워 넣었다. 가정집이 걸리면 점심시간에 잠시 짬을 내는 것은 고사하고 파김치가 되도록 무겁고 긴 호스를 몇 번이나 끌고 내려야 했다. 안도의 한숨이 저절로 나왔다. 종학은 강씨와 8톤짜리 분뇨수거 트럭을 타고 현장으로 출발했다. 아파트 입구의 상가 건물이었다. 트럭을 상가 입구에 주차하자 경비가 뛰어나와 입구에서 더 멀어지라고 자꾸 고함을 질렀다.

상가 앞 도로에 주차를 하고 종학은 강씨와 함께 트럭에서 호스를 끄집어내었다. 미터 당 10킬로그램이 넘는 호스는 군대에서 갓 제대한 종학이 감당하기에도 만만찮은 무게였다. 옆에서 같이 호스를 잡아당기던 강씨가 몹시 주럼 든 몸으로 휘청거렸다. 작달막하지만 단단한 상체에 알심이 있어 힘든 일을 남보다 먼저 찾아 하는 부지런한 성미인데 감기몸살 뒤 끝부터는 도무지 기운을 차리지 못했다.

강씨는 제대를 하고 다시 일을 하러 간 종학을 반갑게 맞아주었다. 종학은 입대하기 전에 여기서 한 달 동안 알바를 하면서 그와 얼굴을 익힌 사이였다. 첫날, 퇴근하고 종학과 국밥을 사이에 두고 앉은 강씨는 이젠 정화조 뚜껑만 봐도 어지럽고 속이 메슥거려 새벽에 눈뜨기가 겁난다며 자꾸 소주만 들이켰다.

호스를 정화조 뚜껑 옆에 끌어다 놓고 잠시 땀을 식히는 사이 강씨가 숨을 헐떡이며 담배를 피워 물었다.

"미안한데 오늘은 자네가 정화조에 호스를 연결하겠나? 기운이 없어 서 있기조차 힘이 들어서…"

강씨는 말끝을 흐리며 손바닥으로 얼굴을 쓱쓱 문질렀다. 이 손으로 똥 퍼서 아들, 딸 대학 보냈다고 헌걸차게 내지르던 예전의 그 손이 아니었다. 종학은 강씨의 상태가 아무래도 심상찮아 그렇지 않아도 그럴 작정이었다.

종학은 가파르고 비좁은 계단을 타고 내려가 정화조 뚜껑을 열었다. 눈앞에 노란 가스가 층을 이루고 있었다. 아주 노란색이었다. 순간 메탄과 암모니아가 섞인 가스가 콧속으로 들어와 바로 폐를 찔렀다. 머리가 띵했다. 정화조 속에 들어 있던 온갖 날벌레들이 한꺼번에 얼굴을 공격했다. 종학은 얼른 고개를 들어 숨을 가쁘게 내뿜었지만 방독면 없이 무방비 상태인 폐가 찢어지는 듯이 아팠다. 거칠게 숨을 내쉬던 종학은 다시 정화조 속으로 얼굴을 밀어 넣었다.

정화조 위에 경화되어 굳은 똥을 쇠꼬챙이로 깨뜨려야 호스 담글 자리를 만들 수 있었다. 종학은 숨을 참고 긴 쇠꼬챙이로 딱딱하게 굳은 똥을 깨뜨리기 시작했다. 머리는 계속 띵했고 눈앞은 온통 가스 세상이었다. 쇠꼬챙이 끝에서 똥이 깨지면서 치솟아 올라오는 역한 냄새에 머리가 터질 듯이 아프고 정신이 아찔했다. 몸이 휘청하며 들고 있던 쇠꼬챙이가 손에서 떨어졌다. 눈앞이 캄캄해지고 의식이 점점 희미해졌다. 호스를 잡고 있던 손에 힘이 빠지며 몸이 정화조 속으로 맥없이 굴러떨어졌다.

종학은 몸을 일으켰다. 가뿐하게 가벼운 몸이 무게가 느껴지지 않았다. 조금 전까지만 해도 쪼갤 듯이 파고들던 머리의 통증도 사라지고 없었다. 무슨 일인가 싶어 주위를 두리번거렸다. 똥 무더기 위에 자신이 서 있었다. 발바닥에는 몸을 지탱하는 기운이 전혀 느껴지지 않았다. 더러운 똥을 밟고 있다는 느낌도 없었다. 종학은 그런 자신의 아랫도리를 신기한 듯이 내려다보았다.

종학이 발아래에 쓰러져 있는 누군가를 본 것은 그때였다. 그는 얼굴을 똥 무더기 위에 비스듬히 파묻은 채였다. 반쯤 드러난 얼굴이 낯익었다. 약간 펑퍼짐한 콧날에 제법 거리가 먼 인중 아래에 두툼한 입술이 친숙했다. 종학은 눈을 더욱 크게 뜨고 뚫어지게 얼굴을 내려다보았다. 오른쪽 귓불에 선명하게 남아있는 개의 이빨자국을 보는 순간 종학은 그가 자신이라고 확신했다.

그런데 마치 남의 일처럼 덤덤했다. 얼핏 잘 되었다는 생각이 짧게 머리를 스치기도 했다. 무엇이 잘 되었다는 것인지 명확하지는 않지만, 사는 게 힘들 때면 죽음이라는 것을 막연하게 생각해 본 적이 있었다. 종학은 어이가 없어 웃음이 튀어나올 뻔했다. 하필이면 정화조 속에서…. 종학은 고개를 들었다. 정화조 뚜껑 크기만큼 보이는 네모난 하늘은 짙은 코발트 빛이었다. 시간이 얼마나 흐른 걸까? 어머니를 모시러 가야 할 시간이 훨씬 지난 것만 같았다. 종학은 갑자기 조급해졌다. 어서 위로 올라가야겠다고 생각하는 순간 몸이 정화조 밖에 나와 있었다.

계단에 쭈그리고 앉은 강씨가 마른기침을 뱉으며 거칠게

숨을 몰아쉬고 있었다. 땀으로 질퍽거리는 얼굴이 사색이었다. 눈앞에 있는 종학을 전혀 알아보지 못했다.

"아저씨. 호스 연결했습니다. 집에 잠깐 다녀오겠습니다. 올 때 맛있는 여수 은갈치 조림 가져올 테니 점심 같이 드세요. 수고하세요."

강씨는 뼈가 앙상한 목울대로 신음만 삼킬 뿐 종학은 안중에도 없이 혼잣말처럼 욕설을 뱉으며 힘겨워했다. 심상찮은 모습에 종학은 발길이 떨어지지 않았지만 모처럼 어머니가 오시니 어쩔 수 없는 노릇이었다. 며칠 전 아버지를 모시고 병원에 온다는 어머니의 전화를 받으면서 종학은 생뚱맞게도 갈치조림이 먹고 싶다고 했다.

아버지는 5년째 폐암 환자로 살고 있었다. 석 달에 한 번씩 서울에 있는 병원으로 검사를 다녔다. 어머니의 전화를 받으면 늘 아버지 안부와 치료시간부터 먼저 묻던 종학이었다. 그날은 대뜸 갈치조림을 먹고 싶다는 말부터 했다. 수화기 저편의 어머니는 한동안 침묵을 지키다가 대답했다.

"아버지가 하루 입원해서 검사 받는 날이다. 갈치조림 만들어 내가 잠깐 가도록 하마."

어머니의 목소리가 촉촉하게 가라앉아 있었다. 종학은 전화를 끊고 아차 싶었지만 며칠 전부터 갈치조림 맛이 입안에서 떠나지 않고 있었다. 오랫동안 잊고 있던 그 맛이 느닷없이 입안에서 되살아난 것은 정화조 청소 현장에서였다. 종학은 당혹스러워 웃어넘겼지만 입안을 맴도는 맛은 쉽게 사라지지 않았다. 일을 맡긴 의뢰인들조차 얼굴을 보이지 않으려는 정화조 청소 현장에서 갈치조림을 떠올린 종학은 비참한 기분이었다.

트럭 기사는 운전대 앞에서 고개를 뒤로 젖힌 채 졸고 있었다. 종학은 차 문을 열고 비닐봉지를 찾아들었다. 일 끝내고 갈아입을 옷을 밀봉이 되는 비닐봉지에 넣어 보관하고 있었다. 현장의 냄새가 스며들까 싶어서였다. 비닐봉지를 손에 든 종학은 트럭 기사에게 인사를 할까 하다가 조용히 문을 닫았다. 너무 곤하게 자고 있었다. 종학은 옷을 갈아입지 않고 현장을 나왔다. 어차피 사우나를 갈 것이었다. 길거리에는 벌써 오후의 긴 그림자가 설핏 비추는 기분이었다. 종학은 걸음을 서둘렀다.

사우나까지는 걸어서 30분 정도되는 거리였다. 작업복 차림의 종학은 걷기로 했다. 여름이 다가오면서 일을 끝내고 집으로 돌아갈 때마다 버스 타기가 두려웠다. 승객들은 귀신같이 종학의 몸에서 냄새를 맡았다. 하물며 작업복 차림인데 싶었다. 사우나에서 몸을 씻고 옷을 갈아입을 생각으로 서둘러 현장에서 나온 것이었다. 월세로 사는 고시원 샤워장은 물줄기가 시원찮았다. 회사에는 간단하게나마 몸 씻을 샤워장조차 없었다. 현장에서 일을 하면서 어쩌다가 수도에서 손을 씻으면 주부들이 노골적으로 싫은 표정을 지었다. 사우나가 아니면 마음 놓고 씻기조차 힘들었다. 행여라도 어머니가 냄새를 맡으면 큰일이었다.

발걸음이 너무 가벼웠다. 땅을 밟지 않고 걷는 것 같았다. 속보를 하는 것처럼 주위를 쓱쓱 지나쳤다. 걸리는 게 아무것도 없는 몸이 깃털 같았다. 종학은 자신을 둘러싼 이런 변화가 얼핏 반가우면서도 한편으로는 이해가 되지 않았다. 몸은 살아있을 때와 별로 달라진 게 없었다. 모든 것을 보고 느끼고 감당하는데도 정말 죽은 것일까 싶었다. 그러자 사람들 사이를 걸으며 종학은 문득 외로워졌다.

종학은 사우나 입구에서 계산대 속으로 돈을 밀어 넣었지만 반응이 없었다. 허리를 구부려 안을 들여다보았다. 주인 여자가 제 또래 여자를 옆에 두고 앉아 쉴 새 없이 수다를 떨고 있었다. 창문을 톡톡 두드려보아도 도통 반응이 없었다. 계산하자고 말을 해도 마찬가지였다. 종학은 돈을 내버려둔 채 남자탕 문을 밀고 들어갔다. 출입문 앞에 걸린 키를 집어들고 라커룸을 열었다. 비닐봉지를 넣고 옷을 벗었다.

벌거벗은 몸으로 평소처럼 화장실에도 가고 체중계에 몸무게를 재느라 왔다 갔다 했지만 아무도 눈길을 주지 않았다. 사내들은 옷을 벗고 들어오면 흔히 아랫도리로 슬쩍 눈길이 가기 마련인데 그런 시선조차 느끼지 못했다. 정화조 청소를 하면서 몸에 밴 냄새 때문에 사우나 드나들 때도 항상 신경이 쓰였었다. 이제는 누구도 아는 체하지 않아 편하면서도 한편으로는 살짝 불쾌하기도 했다. 종학은 자신을 둘러싼 변화가 무엇인지 구체적으로 집어 말할 수가 없었지만 이제야 어렴풋하게나마 이해가 되었다.

사우나 휴게실의 커다란 텔레비전 앞에서 몇몇 사람들이 두런거리고 있었다. 탕 속으로 들어가려던 종학은 이상하게 그쪽으로 걸음이 끌렸다. 교통사고였다. 고속도로를 달리던 트럭의 바퀴가 갑자기 튕겨져 나와 옆 차선을 달리던 고속버스의 앞 유리를 강타하는 바람에 가드레일을 들이받은 사고였다. 승객의 절반이 즉사한 참사였다. 처참하게 일그러진 버스 속에서 사망자와 부상자들이 속속 실려 나오는 장면이 뉴스속보로 이어지고 있었다. 아침 일찍 여수에서 서울로 오던 고속버스였다. 자막으로 보이는 여수라는 글자가 종학의 가슴 한쪽을 서늘하게 덮었다.

탕 안은 짙은 수증기로 꽉 차 있어 한치 앞이 보이지 않았다. 평일이라 그런지 사람들도 거의 눈에 띄지 않았다. 아무도 없는 것처럼 정적만 흘렀다. 이따금 천장에서 물 떨어지는 소리만 뿌연 수증기 사이로 흘러다녔다. 몸이 금방 수증기처럼 풀어져 날아갈 것만 같았다. 종학은 때수건으로 몸을 밀기 시작했다. 몸에 밴 냄새를 깡그리 없애고 싶었다. 냄새가 검은 때와 함께 바닥에 뚝뚝 떨어졌다. 그와 함께 무엇인가가 같이 흘러내렸다. 그것이 무엇인지 명확하지가 않았지만 마치 아이스크림 녹아내리듯이 몸에서 살이 녹아내리는 느낌이었다. 살점이 모두 빠져나가고 뼈만 앙상한 몸을 상상하면서 종학은 열탕 속에 들어가 앉아 잠깐 졸았다. 몸을 지탱하던 뼈가 무너져 내려 수북이 쌓이는 환영에 깜짝 놀라 잠이 깬 종학은 두리번거리며 시계를 찾았다. 수증기 때문에 시계의 시간이 보이지 않았다. 쫓기듯이 허둥지둥 탕에서 나왔다.

거울 앞에서 수건으로 몸을 닦고 머리를 말리는데 자신이 좀 달라진 느낌이었다. 아주 청결한 몸이 된 것 같았다. 새 옷으로 갈아입은 종학은 벗어놓았던 작업복을 접어서 비닐봉지에 넣고 꼭꼭 여미어 밀봉을 했다. 행여 냄새라도 흘러나오면 낭패였다. 밖은 여전히 햇볕이 쨍쨍했다. 하지만 종학은 자신을 에워싼 어떤 어둠을 짙게 느꼈다. 그림자와는 확연히 다른 질벅한 어둠을 끌며 종학은 고시원을 향해 걸었다.

고시원은 어두웠다. 낮에는 복도 등을 꺼두어 더욱 어두웠다. 방안에서 환한 불빛이 새어나왔다. 종학은 고개를 갸웃거렸다. 새벽에 나오면서 분명히 불을 끄고 나왔었다. 간혹 급하게 나오느라 소등을 하지 않았다가는 고시원 총무의 잔소리를 밤늦도록 들어야 해서 나올 때마다 확인을 했다. 종학은 의아한 얼굴로 방문을 열었다. 찌르듯이 강렬하게 쏟아져 나오는 빛에 눈을 뜰 수가 없었다. 정체를 알 수 없는 빛이었다. 고시원 방의 조명등은 사물을 식별할 정도를 넘어서지 않았다. 일찍이 본 적이 없는 빛이었다.

종학은 한참 후에 겨우 눈을 떴다. 방안이 온통 은백색이었다. 은백색 광택에 탄력 있는 싱싱한 빛이 방안에 가득했다. 눈에 익은 은백색이었고 탄력이었고 싱싱함이었다. 바다에서 갓 잡아 올린 은갈치의 몸에서 흘러나오는 그 빛이었다. 눈이 점점 방안의 은백색에 익숙해지면서 종학은 빛 가운데 앉아있는 어머니를 보았다. 어머니는 20년 넘게 고향 포구의 수산시장 앞 노점에서 여수 은갈치를 팔고 있었다.

"어떻게 혼자서 여길 찾아 오셨어요?"

종학은 내심 의아했다. 어머니는 서울 지리에 어두울 뿐만 아니라 고시원 위치도 모르고 있던 터였다. 그래서 고시원에 작업복을 두고 버스 정류장으로 모시러 갈 작정이었다. 이렇게 고시원에 앉아 있는 게 이해가 되지 않아 자꾸 고개를 갸우뚱거렸다. 그런 종학을 보고 어머니가 수줍게 웃었다. 그동안 본 적이 없는 수줍음이었다. 종학은 그 수줍음이 어머니 몸에서 흘러나와 방안을 가득 메운 은백색 빛 때문인가 싶었다.

"어머니 몸을 둘러싼 빛이 너무 눈이 부셔요. 대체 어디서 나오는 빛이에요?"

종학이 눈을 찡그리며 어머니를 바라보았다.

"무슨 뚱딴지같은 말이냐? 빛이라니? 뭔 말을 하는 거냐?"

어머니는 무심하게 대꾸하면서 연분홍색 보자기 꾸러미를 앞으로 내밀었다. 당신의 몸을 둘러싸고 있는 강렬한 은백색 빛을 전혀 느끼지 못하는 모양이었다.

"갈치조림 먹고 싶다고 해서 한 냄비 만들어왔다."

"아버지는요?"

"그 이야기는 나중에 하고 갈치조림하고 점심부터 먹자. 뭐 먹고 싶다는 투정 한 번 없던 네가 무슨 일인가 싶어 부랴부랴 만들어왔다."

어머니는 분홍색 보자기 꾸러미를 풀었다. 종학은 초조했다. 현장을 떠나온 뒤부터 시간이 가늠되지 않았다. 점심시간이 지났는지, 지났으면 얼마나 지났는지 짐작이 되지 않았다. 빨리 일터로 돌아가야 한다는 생각만 강박관념처럼 가슴을 압박했다. 강씨와 점심을 같이 먹기로 한 약속도 머릿속을 맴돌았다. 어머니가 선 자리에서 갈치조림를 넘겨주고 바로 돌아설 줄 알았지 같이 점심을 먹자고 할 줄은 미처 예상을 못했다. 종학은 무엇보다도 어머니에게 몸에 생긴 변화를 들킬까 봐 전전긍긍했다. 어서 자리를 벗어나고 싶은 마음뿐이었다.

"어머니, 저 곧 돌아가야 해요. 함께 점심 먹을 시간 없어요."

"조림은 냄비채로 먹어야 맛있다."

종학의 말에도 아랑곳 없이 어머니는 갈치조림 냄비와 밥이 담긴 공기를 나란히 내밀며 냄비 뚜껑을 열었다. 냄비 가득 빨간 양념장을 한 갈치조림이 들어있었다. 종학은 책상 위의 시계를 흘끔 쳐다보았지만 어머니 몸에서 흘러나오는 은백색 빛 때문에 시간이 보이지 않았다.

"어머니. 점심시간에 잠깐 나왔어요. 빨리 돌아가야 해요."

종학의 다급한 말투가 반복되자 어머니는 갈치조림 위에 두었던 눈을 살짝 들어 종학을 보며 딴 소리를 했다.

"방이 이렇게 좁아서 잘 때 다리나 펼 수 있을지 모르겠다."

그러면서 일인용 침대 하나와 조그마한 책상이 전부인 방 안을 불편한 표정으로 자꾸 둘러보았다.

"그나마 이런 곳이라도 있어서 다행이지요. 서울 방값이 얼마나 비싼데요. 보기보다도 지낼 만해요."

"우리 종학이가 이런 곳에서 살았다는 말이지. 이런 데 서…"

혀를 끌끌 차면서 한숨을 내쉬는 어머니의 이마에 옅게 드리워지던 어두운 그림자가 금방 몸 전체에 음영을 만들어 방 안이 조금 어두워진 느낌마저 들었다. 어머니를 둘러싸고 있는 싱싱하고 탄력 있는 은백색의 빛나는 광택도 어쩐지 서서히 약해지는 듯했다. 종학은 빨리 방안에서 벗어나고 싶어 거의 안달이 날 지경이었지만 어머니는 집요했다.

"종학아. 아무리 바빠도 점심은 먹자."

"같이 일하는 아저씨와 먹기로 했어요. 어머니."

참다못한 종학이 벌떡 일어나며 방문을 열었다. 안타까운 얼굴로 종학을 보던 어머니는 갈치조림이 든 냄비와 밥공기를 분홍색 보자기에 주섬주섬 묶으며 말했다.

"그럼, 같이 가자. 가서 그분과 함께 점심을 먹자."

작심한 듯 뱉는 어머니의 말투에 종학은 깜짝 놀랐다. 혹시 무슨 낌새를 알아차렸나 싶어 슬쩍 어머니 얼굴을 힐끔거리기까지 했다. 정화조 청소 현장을 어머니에게 보일 수는 없었다. 더군다나 정화조 속에 죽은 채 방치되어 있는 자신의 모습은 더욱 안 되었다.

"어서 돌아가시라니까요. 아버지 혼자 계시잖아요."

전에 없이 성을 낸 얼굴로 다그쳤지만 어머니는 꿈쩍도 하지 않았다.

"아들하고 점심 먹고 왔다는데 네 아버지인들 뭐라 하겠니?"

홍두깨처럼 단단한 어머니의 고집을 꺾을 수가 없었다.

바깥에는 밝은 빛이 여전했지만 간간히 불어오는 바람 사이로 흘낏흘낏 저녁과 다른 어떤 어두운 그림자가 끼어들고 있었다. 갈치조림 냄비를 든 어머니는 종학의 등 뒤에 조금 떨어져 혼자 걸었다. 은백색 빛에 둘러싸인 발걸음에 조바심이 묻어 있었다. 종학은 난감했다. 나오긴 했지만 그렇다고 곧장 일터로 갈 수 없었다. 우선 시간을 끌어 볼 생각이었다. 그러다 보면 아버지 때문이라도 어머니가 병원으로 돌아갈 것 같았다.

"어머니 저 학교에 좀 갔다 와야 해요."

"일터에서 점심 먹어야 한다더니 무슨 소리냐?"

"갑자기 급한 볼일이 생겼어요."

"그래? 그럼 나도 가보자. 그렇잖아도 우리 아들 다니는 학교 한번 보고 싶었다."

돌아가기는커녕 걸음을 재촉하는 어머니 반응에 종학은 입맛이 썼지만 앞장 설 수밖에 없었다.

6월의 대학 캠퍼스는 활기가 넘쳤지만 5년 동안 이곳을 드나들면서도 여전히 졸업을 못한 종학에게는 늘 낯설었다. 캠퍼스 곳곳에서 쉴 새 없이 오가는 학생들을 보며 어머니가 부러운 듯이 중얼거렸다.

"마치 은갈치처럼 싱싱하다."

"어머니는 은갈치가 안 들어가면 말이 안 되세요?"

종학은 갑자기 저도 모르게 쏘아붙였다. 서운했다. 입학해서 처음 이곳에 발을 들여놓을 때만 해도 저 역시 여수 앞바다를 헤엄치는 은갈치 모양으로 싱싱했다. 하지만 아버지의 암 발병 후 여유롭게 캠퍼스를 돌아다닌 기억이 없었다. 늘 시간에 쫓겨 넓다고 원망만 안고 달리던 캠퍼스였다.

"내가 갈치와 평생 살아서 그렇지…"

어머니는 쑥스러운 듯이 눈을 내리깔았다. 날카로운 칼날이 만든 상처투성이의 투박한 손으로 얼굴을 쓰다듬었다. 종학은 마치 칼에 베인 듯이 가슴이 쓰렸다. 칼로 얼굴의 껍질을 벗겨내는 것 같은 통증이 가슴 저 밑바닥에서 울음을 끌어왔다. 뜨거운 눈물이 화끈거리는 얼굴 위로 소나기처럼 흘러내렸다. 울음은 지나가는 소나기처럼 금방 멈추었지만 얼굴에 남은, 칼로 베인 것 같은 통증에 종학은 도리어 위로를 받은 것 같았다.

종학은 도서관으로 올라갔다. 학교에서 그나마 친숙한 곳이었다. 이곳에 앉아있으면 일단은 안심이 되었다. 하루에 서너 군데 알바를 뛰는 알바생이 아니라 나도 대학생이구나 하는 확인 같은 안도감이었다. 창가의 끝자리가 비어있었다. 의자를 끌어당겨 앉으며 종학은 어머니를 힐끗 보았다. 낯선 얼굴을 하고 도서관 의자를 손바닥으로 어루만지고 있었다.

하루도 쉬지 않고 일을 해야 하는 종학은 친구들 사이에서 조용히 왔다가 소리 없이 사라지는 놈이었다. 종학은 그 소리가 너무 싫어 스스로 왕따를 자처했다. 강의가 끝나면 남보다 먼저 강의실에서 나와 도서관을 찾았다. 일을 나가기 전 몇 분이라도 책을 보고 싶었다. 하지만 일에 짓눌린 육신은 도서관 의자에 앉기 무섭게 쉬는 시간인 줄 알고 전신의 맥을 놓았다. 그런 몸뚱이와 옥신각신하다가 코앞에 닥친 알바 시간에 쫓겨 자리에서 일어나야 했다. 종학은 시간에 쫓기지 않고 도서관이 문을 닫는 시간까지 자리에 있고, 새벽같이 일을 가는 것이 아니라 도서관으로 걸어오고 싶었다. 지금도 그런 생각이 간절했다. 그렇지만 이 자리도 마지막이라는 생각에 부질없는 웃음이 나왔다. 어머니가 종학의 귓가에 소곤거렸다.

"종학아. 점심 먹어야 한다. 어서 나가자."

어머니의 채근에 종학은 할 수 없이 도서관을 빠져나왔다.

태양은 여전히 밝았고, 세상은 여전히 활기차게 움직이고 있었다. 새벽에 눈을 뜨기만 하면 급행열차같이 앞으로 내달리던 시간이 오늘은 어쩐지 제자리에 서 있는 것처럼 느렸다. 종학은 학교 앞 거리를 여유 있게 걸어 본 기억이 없었다. 이제야 주위 풍경이 눈에 들어오기 시작했다. 뒤따라오는 어머니에게 말도 없이 커피 전문점에 불쑥 들어가 앉았다. 미처 들어오지 못한 어머니가 문 앞에서 초조하게 발을 굴렀지만 모른 체 외면했다. 값비싼 스포츠 용품이 진열된 곳에 들어가 손님처럼 이것저것 꼼꼼하게 살피기도 했다. 햄버거 매장의 주문을 기다리는 사람들 끝에 서 있기도 했다. 서점에 들어가 읽고 싶었던 책을 뽑아 몇 줄 읽었다. 하늘과 거리와 사람을 보며 걸었다. 보다 못한 어머니가 자꾸 채근을 했다.

"종학아. 어서 서둘러라."

종학은 대꾸를 않고 그냥 걸었다. 이쯤에서 그만 돌아가기를 진심으로 바랐지만 어머니는 좀처럼 돌아갈 생각을 않았다. '그러게, 어서 돌아가시지. 뭔 좋은 꼴 보려고 이리 따라 오십니까' 하는 말이 목까지 차올랐지만 애써 눌렀다. 이미 점심시간은 한참 지났을 터이고, 기다리던 강씨는 트럭기사와 먼저 점심을 먹었을 것이었다. 그런데도 어머니는 기어코 같이 점심을 먹을 기세였다. 자포자기가 되어 자꾸 걷기만 하던 종학은 불현듯 뉴스에서 본 교통사고 장면이 머리에 떠올랐다.

"어머니. 여수서 몇 시 차 탔어요? 여수에서 서울 오던 버스가 사고 나서 사람들 많이 죽고 다쳤던데…"

"아침에 첫 차 타고 출발했다. 어째 자꾸 황소걸음을 하면서 희떠운 소리만 하고 있냐."

약간 역정이 박힌 어머니의 목소리가 허공에서 웅얼거리다가 갑자기 뚝 끊어졌다. 어쩐지 목소리에 힘이 빠진 듯했다. 조금 더 시간을 끌다보면 지쳐서 돌아 갈 것도 같았다.

학교 앞에 뻗어 있는 도로를 건너 굴다리를 지나자 먹자골목이 나타났다. 무엇에 취한 듯이 정신없이 걷던 종학이 고개를 들고 주위를 살피다가 멋쩍게 웃었다. 의도한 것은 아니었지만 어쩌다 여기까지와 버린 모양이었다. 종학은 남자와 여자 장승이 입구에 엇비스듬하게 서 있는 주점 쪽으로 걸었다.

"여긴 뭐 하러 왔어?"

어머니가 성마르게 물었다.

"저녁에 알바하던 곳이에요."

"새벽에 일하고 저녁에 또 일을 나갔다는 말이냐?"

"예에."

종학은 짐짓 아무렇지도 않은 듯이 콧노래처럼 흥얼거렸다. 쉬지 않고 일을 했지만 항상 등록금 마련에 허덕였다. 집에서 등록금을 기대할 수 없었다. 어머니는 밑으로 넷이나 되는 동생들 중·고등학교 보내기도 힘들었다. 해가 바뀌면 등록금은 종학을 야유하듯이 껑충 뛰었다. 그뿐 아니었다. 먹고 자는 고시원비에, 스펙 하나라도 더 쌓기 위해 수강해야 하는 학원 수강료, 책값, 뭐 하나 안 오르는 것이 없었다. 알바에 또 알바를 붙여 일해도 등록금은커녕 당장 학교 다니기에도 빠듯했다. 결국 등록금을 만들지 못해 3학년 1학기를 마치고 군대를 갔었다.

주점 문에 '금일 휴업'이 붙어있었다. 종학은 얼른 발길을 돌리지 못하고 문 앞에 무르춤하게 서 있었다. 군대 가기 전에 매주 금, 토, 일, 사흘 동안 여기서 오후 여섯시부터 자정까지 홀 서빙을 했다. 보수도 비교적 좋았다. 그 덕에 취한 손님들에게 욕설과 멱살까지 잡히면서도 견딜 수 있었다. 가끔 돈 없이 술을 마실 수도 있었다.

종학은 술을 꽤 좋아했다. 기분에 취해 한잔 마시면 하루 알바로 번 돈이 고스란히 녹아내렸다. 대학 입학 초기에 두어 번 그런 경험을 한 종학은 차츰 친구들 술자리에서 빠지기 시작했다. 참석하면 몇 푼이라도 내야 하는데 그럴 여유도 없었고, 친구들에게 얻어먹는 것도 한두 번이었다. 술 생각이 나면 편의점에 들러 소주 한 병 사들고 고시원에서 마셨다. 주점에 손님이 많아 퇴근이 늦는 날이면 사장이 고생했으니 한잔하자고 종학의 소매를 잡아당겼다. 못 이기는 척 주저앉은 종학은 사장 내외가 번갈아 채워주는 술잔을 사양하지 않고 받아 마셨다. 새벽 일 때문에 많이 마시지는 못하면서도 그렇게 술잔을 기울이는 시간이 좋았다. 허전한 기운이 가슴속으로 잔잔하게 흘러들었다. 어머니가 주정뱅이처럼 아쉬운 얼굴로 주점 안을 기웃거리는 종학의 손을 잡고 돌아섰다.

"어서 가자. 점심도 못 먹고 일하게 생겼다."

"어머니 오늘은 갈치조림 때문에 먹지 않아도 배가 불러요. 이제 그만 병원으로 돌아가세요."

어머니는 애가 타는 듯 갈치조림 냄비를 연신 옮겨 잡으며 종학의 등을 떠밀었다. 어머니의 완강한 힘에 못내 걸음을 옮기면서도 종학은 도살장에 들어가는 짐승 같은 심정이었다. 이왕 내친김이었다. 망설이던 종학은 결국 그곳을 향해 방향을 잡았다. 어머니는 묵묵히 종학의 뒤를 쫓았다. 어디선가 매미울음소리가 들려왔다. 귓가에서 크게 들렸다가 작게 들리기를 되풀이했다. 아직 매미가 울기에는 이른 계절이었다. 종학은 처음 매미울음소리를 듣는 아이처럼 갑자기 가슴이 설레었다.

수미가 무용학원 입구에서 수업이 끝나고 돌아가는 아이들을 배웅하고 있었다. 수미는 종학과 같은 학교 학생이었다. 대학 첫 미팅 파트너였던 그녀는 중·고등학교를 강남에서 나온 강남키드였지만 아버지의 사업 실패와 자살로 모든 것을 접었다. 먹고 살기조차 힘든데다 유난히 비싼 무용학과 등록금을 마련할 길이 없었다. 입학 한 학기 만에 휴학을 하고 알바에 뛰어들었다. 낮에는 커피전문점, 밤에는 편의점, 일주일에 두세 번은 무용학원 알바로 아이들을 지도했다. 미팅에서 한 번 보았던 수미를 알바하던 피자가게에서 우연히 다시 만났다. 종학은 그것도 인연이라고 수미에게 자꾸 마음이 갔다. 알바를 끝내고 서너 번 같이 저녁을 먹었다. 하루는 수미가 조용히 종학을 불렀다. 피자가게 쓰레기를 내놓는 후미진 곳이었다.

"종학아. 우리에게 연애도 사치인 것 알지?"

종학은 단칼에 상황을 종료해 준 수미가 내심 고마웠다.

종학이나 수미나 일이만 원이 아까워 친구도 만나지 않고 살고 있는데 언감생심 연애라니. 수미의 표현이 맞았다. 그렇더라도 수미를 향한 마음까지 단번에 끊어내기가 힘들었다. 수미 곁을 떠나지도 못하고, 더 다가서지도 못한 채 어정쩡하게 몇 년을 맴도는 중이었다. 상가 정화조 청소를 하다가 무용학원에서 수미를 발견한 것도 우연이었다. 그 뒤로 가끔 혼자서 지금처럼 먼발치에서 수미를 훔쳐보곤 했다. 돌이켜보면 참 시시한 우연으로 만들어진 관계였다. 우연으로 이어지던 둘의 인연도 이젠 마지막이었다. 종학은 학원 문을 열고 들어가는 수미의 뒷모습을 지켜보다가 등을 돌렸다.

"누고?"

종학은 대답 대신 수줍게 웃었다.

"아직 멀었냐?"

어머니의 성화가 더욱 심해졌다. 일터에 같이 가겠다는 어머니의 고집은 집요하다 못해 처절했다. 자꾸 다그치는 어머니가 야속했다. 점심 한 끼 먹이려는 심정을 모르는 것은 아니지만 막상 아들이 죽은 모습을 보면 얼마나 가슴이 아플까 싶어 걸음이 자꾸 헝클어졌다. 종학은 정화조 속에 쓰러져 있는 제 모습을 누구에게도 보이기 싫었다. 지금이라도 어머니의 걸음을 돌려세우고 싶었다.

"아버지 혼자 이렇게 오래 계셔도 괜찮아요?"

"괜찮다. 아버지 걱정은 하지 않아도 된다. 그런데 종학아? 제대하고 집에서 며칠 쉬다 가라고 한 엄마 말 무시하고 이튿날 새벽에 급히 서울로 간 것이 저 아이 때문이가?"

종학은 피식 웃음이 나왔다. 요즘 군대가 좋아졌다고 하지만 군대는 여전히 군대였다. 며칠 동안 어머니가 차려주는 밥 얻어 먹으면서 오랜만에 넓고 푸른 여수 앞바다를 보며 해변을 뒹굴고 싶었다. 하지만 대출받은 학자금이 그럴 여유를 허용하지 않았다. 1학년 2학기 때 학자금 대출 팔백만 원을 받아서 2학기 등록하고 남은 돈은 아버지 치료비로 보탰다. 매달 이자를 내고 7년 후에 갚는 방식이었는데 군대 간 사이 어머니가 이자를 못 낼 정도로 힘들었던 모양이었다. 제대하고 보니 대출이자 때문에 신용불량자가 되게 생겨있었다. 다급하게 일자리를 알아보다가 때마침 강씨가 알바를 구한다고 해서 제대 가방 풀 겨를도 없이 뛰어 올라갔던 것이었다.

그날 새벽에 대문을 나서면서 종학은 아쉬운 마음에 집 앞의 해변을 잠깐 걸었다. 회색 띠가 깔린 바다는 숨죽인 듯이 잠잠했다. 먼 끝에서 불그스름한 빛이 번지고 있던 바다가 거짓말처럼 순식간에 환해지면서 마치 은물을 뿌린 것처럼 반짝거리더니 눈을 찌르는 밝고 환한 빛을 한꺼번에 발산하기 시작했다. 그것은 바다 밑을 헤엄치던 수백, 수천 마리의 은 갈치떼가 한꺼번에 바다 위로 솟구쳐 꿈틀거리는 것 같이 강렬한 빛이었다. 그 빛을 보고 서 있던 종학은 몸에 달라붙어 떨어지지 않는 어떤 아쉬움을 달래며 버스에 몸을 실었다.

종학은 어머니에게 이런 사정을 시시콜콜 털어놓기 싫었다. 제 사정을 살갑게 드러내는 성격이 아닌데다, 장남에다 이만큼 컸으니 무슨 일이 있어도 제 몸 하나는 직접 책임진다고 이 악물고 버텨온 5년이었다. 이제 와서 어머니 앞에서 징징거리는 모습을 보일 수 없었다.

"예. 애인 보고 싶어서 새벽에 몰래 도망갔습니다. 어때요? 이쁘죠?"

평소와 다른 시원시원한 말투에 뭔가 미심쩍은 반응을 보이면서도 어머니는 불쾌한 기색이 역력한 얼굴로 종학의 등짝을 후려쳤다. 종학은 아프기는커녕 시원했다. 초등학교 때 지금처럼 어머니에게 등짝을 맞아본 후로 맞아본 기억이 없었다. 그때 무슨 일이었는지 기억이 나지 않지만 실망과 불쾌가 뒤섞여 벌겋게 달아오른 어머니의 얼굴은 지금도 또렷했다. 어머니는 맥이 풀린 듯 더 때리지 않았다.

정화조 분뇨처리 트럭은 아직도 상가 앞에 서 있고 기사는 여전히 졸고 있었다. 상가 앞을 지나가던 아줌마 몇이 정화조 분뇨를 담고 있는 트럭을 보고 얼굴을 돌리며 지나갔다. 종학은 쓸쓸한 기운을 억지로 삼키면서 상가 뒤로 돌아갔다. 어리둥절한 표정으로 주위를 살피던 어머니가 종학의 뒤를 바싹 따라왔다. 기어코 점심을 먹이고 돌아가겠다는 고집을 꺾을 수 없었다. 어떤 말로도 어머니를 돌려세울 수 없다는 것을 깨닫는 순간 종학은 될 대로 되라는 심정으로 현장으로 방향을 잡아버렸다. 이제와 돌이키기에는 너무 늦었지만 어머니에게 이 상황을 어떻게 설명해야 할지 난감하기만 했다.

강씨가 기대앉아 있던 자리가 비어있었다. 혹시나 싶어 주위를 살펴보았지만 보이지 않았다. 견디지 못하고 먼저 퇴근한 모양이었다. 강씨가 앉았던 바닥에는 허연 침과 검은 가래가 여기저기 흩어져 햇살에 허끗허끗 졸아붙어 있었다. 종학은 더 이상 발걸음이 떨어지지 않았다. 체념하듯이 뱉었다.

"어머니. 여기가 제 일터입니다."

이상하다는 듯이 계속 주위를 살피던 어머니가 조심스럽게 물었다.

"이런 상가 뒤의 후미진 곳에서 무슨 일을 한다는 거냐?"

종학은 대답 대신 무렴하게 웃었다. 강씨와 함께 분뇨저장 트럭에서 끌어내 정화조에 연결해 놓은 호스가 살아있는 것처럼 꿈틀거리는 것 같았다. 호스를 발로 툭툭 차고 있던 종학이 탐탁지 않지만 어쩔 수 없다는 투로 말했다.

"어머니. 여기서 점심 먹어요."

종학은 자리에 털썩 주저앉았다. 다행히 정화조가 보이지 않는 이곳은 사방이 툭 트이고 바닥이 반듯해서 점심을 먹기에 적당했다. 호수에 눈길을 보내던 어머니도 무슨 눈치를 챘는지 마주 앉으며 분홍색 보자기를 풀었다.

"같이 일하는 분이 계신다며?"

"몸이 안 좋아 먼저 들어가셨나 봐요."

"알았다. 어서 먹자. 우리 집 장남 갈치조림 점심 한 끼 먹이려고 많이도 걸었다."

어머니는 분홍색 보자기를 바닥에 펼쳤다. 그 위에 갈치조림 냄비와 밥을 나란히 놓고 냄비 뚜껑을 열면서 기분을 추스르는 표정이었다. 종학은 강씨가 앉아있던 자리를 아쉽게 바라보았다. 입맛이 없어 지난 며칠 동안 도통 밥을 먹지 못하고 있었다. 어머니의 다소 들뜬 목소리가 들렸다.

"갈치조림이 아직도 식지 않고 뜨끈뜨끈하다. 어서 먹자."

그랬다. 굵직하게 자른 무 위에 토실토실한 은갈치를 올리고 바다에 노을이 빠진 것 같이 새빨간 양념장을 얹어 놓은 갈치조림은 마치 불 위에 있는 것처럼 자박자박 끓고 있었다.

그뿐만 아니었다. 앉아 있던 콘크리트 바닥이 해변의 푹신하고 보드라운 모래로 바뀌었고 귀에 익은 파도소리가 들려왔다. 멀지 않은 곳에 조그만 섬 하나가 떠있는 바다가 손에 잡힐 듯이 가까운 낯익은 해변이었다. 무더운 여름날 해 질 녘에 시원한 해풍이 불어오는 날이면 식구들이 둘러앉아 밥을 먹던 집 앞의 큰 해송 밑이었다. 이따금 아이들이 여름 바다에 들어가 밥 때가 되어도 나오지 않아 어머니가 분홍색 보자기에 점심을 담아와 기다리던 곳이었다. 모래가 곱고 해송의 붉은 빛이 아름답지만 바다에 혼자 떠있는 조그만 섬이 쓸쓸해 보이는 해변이었다.

깻가루를 뿌린 것 같은 고소한 냄새가 종학의 콧속을 찔렀다. 어머니는 잰 솜씨로 은갈치 토막을 반으로 나눠 뼈를 바르기 시작했다. 빨간 양념장 옷을 벗은 뽀얀 우윳빛 속살에서 훈김이 아지랑이처럼 살살 피어올랐다. 어머니가 가시를 발라낸 은갈치 토막을 밥그릇 위에 올려놓는 것을 보며 종학은 숟가락 대신 입을 크게 벌렸다. 그런 종학을 보며 어머니가 수줍게 웃었다.

바다에서 이따금 불어오는 바람이 해송 주변을 맴돌다가 서늘하게 흘러내렸다. 밥을 받아먹고 있는 종학의 눈에서 눈물 한줄기가 흘러 입술 언저리를 적시며 천천히 말랐다. 건조하고 강렬한 햇살을 튕겨내는 눈부신 바다와 넉넉한 표정으로 은갈치의 속살을 발라내는 어머니를 번갈아 보며 종학은 천천히 점심을 먹었다. 늘 시간에 쫓겨 허둥지둥 먹어치우던 점심이었다.

"오랜만이네요. 어머니와 함께하는 점심이…"

어머니는 대답 대신 콧등을 살짝 찡그리며 웃었다. 종학이 갈치조림과 밥을 깨끗하게 비울 동안 어머니는 한 숟가락도 입에 대지 않았다. 종학은 자꾸 배가 고팠다. 허기가 사라지지 않았다. 눈치 모르는 아이 때처럼 어머니가 입속에 넣어주는 밥을 넙죽넙죽 받아먹었다. 어머니와 함께하는 마지막 점심이었다. 어머니도 곧 아버지가 계시는 병원으로 돌아갈 것이었다. 무엇인가 울컥하는 것이 목을 움켜잡았다. 문득 이제부터는 계속 혼자라는 외로움이 서럽게 밀려왔다. 눈앞에서 끝없이 밀려왔다 밀려가는 파도소리가 외로움을 더욱 부추겼다. 늘 혼자이던 바다 가운데의 섬이 오늘따라 더욱 쓸쓸해 보였다. 이대로 어머니를 보내버리면 다시는 볼 수 없을 것 같았다. 앉아서 점심을 먹고 있는 해변의 이 자리 역시 마찬가지였다. 갑자기 두려움이 온몸을 감쌌다. 그것은 맑은 하늘에 새카맣게 몰려드는 구름처럼 느닷없이 종학의 몸을 지배했다. 종학이 불쑥 말했다.

"어머니. 제가 죽은 것 같아요."

순간 어머니를 둘러싼 은백색 아우라 빛이 잠깐 꺼졌다가 제 모습을 되찾았지만 희미해져 있었다. 갑자기 눈앞의 바다와 섬이 사라졌다. 해송이 사라지고 마지막으로 모래가 깔린 해변이 사라지면서 콘크리트 바닥의 미지근한 열기가 다시 느껴졌다. 놀란 얼굴로 종학을 보고 있던 어머니가 생각보다 차분한 음성으로 물었다.

"우리 아들이 내 눈앞에 살아 있는데 그게 무슨 소리냐?."

"어머니. 그게 이상해요. 다른 사람들은 죽은 제가 보이지 않는 모양인데 어머니는 보이다니 이상해요."

순간 어머니 눈에서 광기 같은 열기가 쏟아졌다. 바르르 떨리는 입술을 깨물며 눈에 띄게 더듬거렸다.

"죽은 사람이… 어째 여기 있어. 그럼… 죽은 넌 어디 있단 말이냐?"

"그게 저, 저…"

종학은 차마 똥을 푸다가 정화조 속에서 죽었다는 말을 어머니에게 할 수 없어 더듬거렸다.

"내 눈으로 직접 봐야겠다."

"죽은 게 뭐 좋은 모습이라고 보려고 하세요?"

종학은 애원하듯이 어머니를 바라보았다.

"앞장서라."

전에 없이 강한 어머니의 말투는 현장검증을 앞둔 형사 같았다. 종학은 자리에서 일어섰다. 피할 수 없었다. 정화조로 연결된 계단을 내려갔다. 어머니가 종학의 등에 얼굴이 닿을 정도로 바싹 따라왔다. 뜻밖에도 주변을 쉴 새 없이 날아다니던 수많은 날벌레와, 정화조를 둘러싼 냄새가 씻은 듯이 사라지고 없었다. 종학은 조금 안심이 되어 어머니를 돌아보았다. 표정의 변화를 찾아 볼 수 없었다.

정화조 입구에 선 종학이 고개를 들어 하늘을 쳐다보았다. 구름 한 점 없어 눈이 시리게 푸르렀다. 그 푸르른 빛으로부터 대지를 녹일 뜨거운 열기가 쏟아지고 있었지만 더위가 느껴지지 않았다. 어머니가 옆으로 다가왔다. 종학은 천천히 팔을 뻗어 정화조 안을 가리켰다. 어머니가 허리를 기역자로 깊게 꺾어 들여다보았다. 얼굴을 옆으로 비스듬히 파묻고 쓰러진 종학은 종전의 모습 그대로였다. 조금도 변한 게 없었다.

"어머니. 저 똥 무더기 위에 죽은 제가 있습니다."

종학은 미친 듯이 소리를 내질렀다. 결국 이런 모습을 보이고 말았다는 자괴감이 가슴에 불을 질렀다. 누구에게도 보이기 싫은 모습이었다. 혼자라는 두려움에 휩싸여 불쑥 뱉어

버린 자신의 입을 찢어버리고 싶었다. 정화조 속의 종학과, 옆에 서 있는 종학을 번갈아 보면서 어머니가 부들부들 몸을 떨었다. 어머니를 둘러 싼 희미한 은백색 빛이 같이 흔들렸다. 어머니가 정화조 속으로 뛰어들려고 했다. 그런 어머니를 종학이 만류했다.

"어머니. 저 밑에 들어가 본들 발바닥에 똥칠밖에 더 하겠어요? 제발 진정하세요."

어머니가 종학을 감싸 안고 바닥에 털버덕 주저앉았다. 한참 동안 허깨비처럼 앉아 정화조 속의 종학을 내려다보았다. 눈에서 오래된 우물 같은 검은 빛이 떠돌았다. 종학은 힘을 주어 어머니를 끌어안았다. 어머니가 울먹였다.

"종학아, 몰랐다. 엄마는 네가 이렇게 죽은 줄을 정말 몰랐다."

"어머니, 괜찮아요. 아무도 몰라서 정말 다행이에요. 여수 동산동 은갈치집 대학 다니던 아들이 똥치다 죽었다고 소문이라도 나면 무슨 창피입니까? 어머니, 아버지, 동생들은 또 무슨 망신이고요. 아무도 몰라서 안심입니다. 괜찮아요. 정말 괜찮아요."

종학은 자리에서 일어나 어머니를 똑바로 보았다. 실성한 사람처럼 머리를 풀어헤친 어머니의 화장기 없는 얼굴이 저

승사자처럼 검었다. 종학은 그런 어머니의 얼굴을 손으로 어루만지며 속삭였다.

"어머니. 아버지 혼자 계십니다. 이제 돌아가세요. 오래오래 건강하세요. 어머니."

"종학아. 아버지도 나도 좋은 곳으로 갔다. 그러니 걱정할 것 없다."

순간, 여수에서 서울로 오던 버스의 교통사고 소식이 번개처럼 종학의 뒤통수를 쳤다. 몸에서 기운이 연기처럼 빠져나가며 죽음을 넘어선 절망 앞에 눈앞이 캄캄했다. 그럼 어머니는? 싶어 바라보던 종학은 눈부신 빛의 광채에 눈을 뜰 수 없었다.

눈에 띄게 희미해졌던 은백색 빛이 어머니 주위를 다시 환하게 둘러싸고 있었다. 태양빛이 무색할 정도로 밝게 빛나는 은백색 갈치 빛이었다. 그 빛이 순식간에 정화조 안으로 쏟아져 들어가 쓰러진 종학의 몸을 둘러쌌다. 강렬한 빛에 빈틈없이 에워싸인 종학의 몸이 싱싱한 은갈치처럼 빛나기 시작하면서 정화조 안이 푸르고 넓은 여수 앞바다의 바닷물로 차올랐다. 종학의 몸이 천천히 바다 위로 떠오르며 자유롭게 그 속을 유영하기 시작했다.

몸을 감싸고 있던 은백색 빛이 완전히 사라진 어머니는 늙고 초라한 모습이었다. 종학이 그런 어머니를 잡으려고 손을 내밀자 모습이 차츰 지워지기 시작했다. 지우개로 지운 것처럼 형상이 희미해지던 어머니의 모습이 허공으로 완전히 사라지자 종학의 몸이 정화조 안으로 빨려 들어갔다.

얼굴, 그리다

*

오후 3시가 넘어서야 화가의 전화를 받았다.

"개심사 장미 보러 갈까 하는데…"

화가는 늘 그렇듯이 말끝을 얼버무렸다.

초여름의 오후 3시는 무엇을 시작하기에는 조금 애매했다.

창밖으로 보이는 하늘엔 검은 구름이 몰려오고 있었다. 어떻게 할까? 잠시 망설이는 사이 수화기 저편의 화가가 마른 기침을 짧게 뱉었다.

"제가 지금 화실 쪽으로 가겠습니다."

망설이는 마음과 달리 내 목소리는 흔쾌했다. 화가는 눈이 녹아내리는 초봄부터 내게 개심사 장미 이야기를 했다. 화폭에 그리는 그림처럼 실감 나게 색감을 입히는 화가의 말을 들으면서 나는 개심사 장미를 직접 보고 싶었다. 종적을 감춘후 그녀가 유일하게 보낸 메일에 첨부된 사진이 빗물에 젖은절 마당의 장미 사진이었다. 나는 혹시나 하는 요행을 바라며서둘러 화실로 달려갔다.

"그림 그리기는 애매한 시간이니 드라이브라 생각하고 다녀옵시다."

화가는 옆자리에 올라앉는 나를 향해 웃으며 말했다. 그럴때마다 쑥스러운 듯이 작은 눈매가 아래로 잠기면서 얇은 입꼬리가 위로 살짝 휘어지는 화가의 얼굴을 보며 나는 대답 대신 웃음으로 화답했다.

화가의 오래된 승용차 안에는 클래식이 낮고도 잔잔하게흘렀다. 나는 화가의 옆자리에 앉자마자 달려드는 졸음을 견디기 어려웠다. 요즘 들어 윤곽이 희미한 어떤 얼굴이 자꾸다가와 새벽이면 우두커니 앉아 어둠 속을 바라보는 시간이많았다.

얼마쯤 졸았을까? 얼핏 눈을 뜨니 승용차는 해미읍성을 지나고 있었다. 잠시 눈을 감았나 싶었는데 승용차가 멈춘 곳은개심사 앞 주차장이었다.

"막걸리 생각이 먼저 납니다. 한잔하고 갈까요?"

화가가 입 가장자리를 한껏 끌어올리며 중얼거렸다. 술 생각이 날 때마다 하는 버릇이었다.

"장미를 빨리 보고 싶습니다."

내 채근에 막걸릿집을 찾아 두리번거리던 화가는 아쉬운 듯 입맛을 다시며 승용차로 절 앞까지 올라가자고 했다. 화가는 개심사 바로 밑 공터에 승용차를 세웠다. 오래된 느티나무 그늘 밑에 어떤 남자가 여자의 무릎에 머리를 올려놓고 있을 뿐, 초여름 오후 절에는 인적이 드물었다. 평일이라 더욱 그런 모양이었다. 불과 열흘 전에는 6월인데도 대관령의 기온이 영하로 떨어져 방송에서 이상기온이라고 호들갑이었다. 하지만 지난 일주일 동안 하늘은 그동안의 기세를 만회하듯이 연일 30도를 오르내리는 뜨거운 불볕 기운을 내뿜더니 이틀이나 폭우를 쏟아놓기도 했다. 그런 틈에서 5월의 꽃 장미는 피고 질 사이도 없이 조락의 모습으로 길 위에 뒹굴었고, 그걸 보는 화가의 마음은 조급해졌다.

나는 캔버스를 어깨에 메고 화가는 화구가 든 가방을 들고 돌계단을 올라 일주문 옆으로 난 길로 향했다. 공양간을 지난 스님들 거처인 듯한 곳의 마당으로 들어서자 장독대 옆의 장미가 보였다. 크림색 장미였다. 그녀가 보낸 장미는 붉디 붉은색이었다. 나는 다소 맥이 빠졌지만 요행이나 우연이 그리 쉬운 세상이 아니었다. 장미는 생각보다 왜소했고 그나마 몇 송이 달린 꽃잎은 그 성성한 기운이 다한 모습이었다. 꽃봉오리가 가장 왕성했을 것 같았던 가지는 부러져 밑으로 꼬꾸라져 있는데도 습기 머금은 짙은 장미 향이 코를 찔렀다.

"너무 늦었어요. 너무 늦게 왔어요…"

화구를 내려놓은 화가는 탄식처럼 중얼거리며 장미를 살피기 시작했다. 빗물을 촉촉하게 머금은 마당에는 다른 화초라고는 찾아볼 수 없고 오직 크림색 장미뿐이었다. 장미는 기운을 다하긴 했지만 어쩐지 달라 보였다. 꽃잎이 감긴 모습부터가 품위와 격조가 있어 보였고, 백색도 노랑도 아닌 은은한 크림색으로 빛났다. 부러진 꽃봉오리를 양손으로 감싸고 안타까운 듯이 요모조모 뜯어보던 화가는 이윽고 결심한 듯이 캔버스를 세우고 화구가방을 열었다.

"늦었지만 그리는 데까지 그려 봐야죠. 아직 몇 송이는 그릴만 한 것도 같은데…"

*

화가가 그림 그릴 준비를 하는 동안 나는 근처에 또 다른 장미가 있나 살펴보았으나 보이지 않았다. 내친김에 공양간 왼쪽 대웅전 가는 길 반대쪽으로 방향을 잡아 천천히 걸었다. 언제부터인가 절에 오면 산신각이나 칠성각부터 찾는 버릇이 생겼다. 명부전 옆으로 난 조그마한 오솔길 입구의 이정표인 듯한 낡은 기왓장에 '산신각 50미터'라는 글씨가 허옇게 박혀 있었다.

등산로를 알리는 붉은색 리본이 달린 좁은 오르막길을 오르며 숨이 턱밑에 와 닿을 즈음 예의 그 낡은 기왓장이 또 보이며 산신각으로 향하는 방향 표시가 또렷하게 눈에 들어왔다. 그 길로 접어들자 곧 조그마한 산신각이 나타났다. 신발을 벗고 들어간 산신각 내부는 산신 그림이 코에 닿을 듯이 좁았다. 주머니에서 지폐를 꺼내 시주함에 넣고 향을 찾아 두리번거렸으나 보이지 않아 그냥 세 번 절하고 앉았다. 바닥에서 눅눅한 습기가 전해졌다.

오르막길을 올라오느라 가쁜 호흡을 추스르는데 어디선가 나타난 큼직한 나비호랑이 한 마리가 산신각 안을 너울너울 날아다녔다. 나는 약간 몽롱한 눈길로 나비호랑이를 쳐다보았다. 나비호랑이는 앉을 곳을 찾듯이 천천히 날갯짓을 하면서 이곳저곳 기웃거리다 촛불이 꺼진 촛대 위에 앉는가 싶더니 갑자기 몸을 솟구쳐 인자한 할아버지 얼굴 같은 산신 앞으로 훨훨 날았다. 하지만 금방 몸을 돌려 산신 옆에 앉아 두 눈을 동그랗게 뜨고 노려보는 호랑이 얼굴을 향해 날아가다가 위로 선회하면서 순식간에 문밖으로 사라졌다.

짧은 순간이었지만 나는 한순간도 나비호랑이 몸짓에서 눈을 떼지 못했다. 내 손바닥의 절반만 한 크기의 나비호랑이는 무엇이 못마땅한지 결국 산신각에 몸을 내리지 않고 홀연히 모습을 감추었다. 나비호랑이가 사라진 후에야 나는 허리를 곧추세우고 앉아 정면으로 올려다보이는 산신과 호랑이의 얼굴을 자세히 살폈다. 개심사 산신은 자상하고 덕이 많은 얼굴이었다. 어떤 절에는 아주 추상같이 무서운 얼굴을 한 산신이 있었고, 어떤 절에는 장난기 가득한 산신의 얼굴이 있었다.

그래서일까? 나는 소박하게 특색이 별로 보이지 않는 이 조그마한 절이 편안했다. 그렇지만 산신 옆에 다리를 가지런히 뻗고 누운 호랑이의 동그란 눈빛은 속내를 꿰뚫는 듯한 서늘함을 깊숙이 담고 있어 마음을 불편하게 하는 구석이 있었다. 나도 모르게 그 눈길을 피하지만 이미 가슴에 들어와 버린 그것은 피할 수 있는 게 아니었다. 그때 문득 이 불편함이 언제부터인가 새벽이면 어김없이 나를 일어나게 만들어 차가운 냉수나 독한 알코올을 마시게 만든 그것과 유사하다는 것을 느꼈다. 순간 나는 온몸에 전류가 흘러온 듯이 저릿한 전율을 느끼며 눈을 질끈 감았지만 소용없었다. 같은 듯하면서도 다른 수십 개의 얼굴이 순식간에 소용돌이치듯이 지나갔고, 그 기세에 눌려 숨을 헐떡이던 나는 벌떡 일어나 산신각에서 나와버렸다.

산신각 앞에서 숨을 몰아쉬는데 주위를 둘러싼 소나무 근처를 낮게 날던 산까치 떼가 갑자기 부산스럽게 움직이더니 머리 위 높은 곳에서 까마귀 소리가 카악카악 들려왔다. 고개를 들어보니 큰 몸집의 까마귀 두 마리가 천천히 허공을 배회하고 있었다. 나는 쫓기듯이 산신각을 내려왔다.

조급하게 흐트러지던 내 발걸음은 오솔길이 끝나는 명부전 앞에 이르러서야 조금 진정이 되고 평상을 되찾았다. 나는 어쩌다 절에 가는 기회가 있으면 죽은 이의 혼령을 모시는 명부전은 그냥 지나치곤 했는데 오늘은 그 앞에서 멈추었다. 개심사의 명부전은 지옥의 10대 대왕을 모시고 있다는 설명이 눈길을 잡아당겼기 때문이었다. 내친김에 신발을 벗고 명부전 안으로 들어섰다.

절을 하고 명부전 안에 모셔놓은 지옥의 10대 대왕들의 친근하지 않고 다정하지 않고 윽박지르는 듯한 모습을 천천히 살펴보며, 그 앞에 가지런한 글씨체로 적어놓은 지옥의 10대

대왕들이 내리는 온갖 형벌에 관한 내용을 읽었다. 그들이 관장하는 형벌을 읽기만 했는데도 '정말이지 지옥에는 가기 싫다'는 생각이 들었다. 그 바람에 어쩐지 약간 민망해져 고개를 돌리는데 낯익은 초상화 하나가 눈에 들어왔다.

출입문 왼쪽 벽에 이제는 버려진 듯, 버림받은 듯이 놓여있는 그 초상화는 온 나라를 조문의 행렬로 뒤덮게 한, 부엉이바위에서 몸을 던진 그이였다. 나는 굳어버린 듯이 그 자리에서 꼼짝할 수 없었다. 잠시 후 나는 다시 절을 하고 명부전의 부처님과 지옥의 10대 대왕들을 마주 보고 앉았다. 갑자기 등이 시리고 가슴이 떨리고 머릿속에는 굉음이 울리고 맥박이 빨라졌다. 그러면서 산신각에서 마주쳤던, 내 속에서 실핏줄처럼 퍼져있던 어떤 불편함의 원인을 알 것 같았다.

그의 자살에 너나 할 것 없이 망연자실하던 그 봄, 나 역시 마찬가지였다. 일이 손에 잡히지 않고 화가 치밀고 날이 어두워지면 남몰래 눈물을 훔치곤 했다. 그날도 학원 강의가 끝나고 늦은 밤 이따금 혼자 가는 선술집에 앉아 술잔을 막 기울여 그의 죽음을 애도하는데 휴대폰의 진동음이 울렸다. 낯선 번호여서 외면하는데도 진동음은 끈질기게 이어졌다. 나는 입술에 묻은 알코올을 손등으로 문지르며 휴대폰을 들었다.

낯선 여자가 처음 그녀의 이름을 말할 때만 해도 나는 범상히 들었다. 하지만 여자의 입에서 재차 그녀의 이름이 들려왔을 때 정신이 번쩍 들었다. 묵직하고도 길게 이어진 그 진동음은 나를 7년 만에 그녀 곁으로 달려가게 하는 신호음이었다. 나는 급하게 자동차 시동을 걸고 힘껏 가속 장치를 밟았다. 제발, 제발… 나는 그녀가 왜 하루아침에 종적을 감추었는지, 왜 그토록 오랫동안 연락조차 하지 않았는지 궁금하지 않았다. 제발, 제발… 내가 도착할 때까지 버텨주기를 바라며 가속페달을 밟고 또 밟았다. 자정을 훨씬 넘긴 도로는 어둠이 가득했지만 가속기 위의 내 발에는 자꾸 힘이 들어갔다.

자신을 요양사라고 밝힌 여자는 그녀가 의식이 없지만 내가 와주었으면 좋겠다고 했다. 여자는 거듭 형편이 된다면 빨리 달려와달라며 남쪽 도시의 요양병원 주소를 알려주었다. 나는 그때처럼 '형편'이라는 말이 야박하게 들린 적이 없었다. 눈앞에 전조등이 예리하게 잘라먹듯이 산과 강 그리고 논과 밭이 스치고 지났다.

길이 좁고 가팔라지는 국도로 접어들면서도 속도를 줄이지 않았고, 아슬아슬한 순간도 몇 번 겪었다. 두 시간쯤 달렸을까? 휘발유를 넣으라고 신호를 주던 연료 게이지가 더 이상 깜빡이지 않고 경고등의 붉은 빛만 위험신호처럼 쏘아내고 있었다. 낯선 국도길 어디에서 주유소를 만날지 알 수 없었다. 삼거리에서 이정표를 따라 동네가 있을 만한 곳으로 방향을 잡는 순간 울리는 휴대폰을 집어 들자 요양사가 그녀의 죽음을 알려왔다. 새벽 3시를 넘기는 시간이었다.

나는 결국 주유소를 찾지 못했고 승용차는 국도 위에서 멈추어버렸다. 달릴 수 없는 승용차 안에서 내가 새벽을 맞은 사이 그녀의 몸은 생사를 넘나들던 병실을 빠져나와 영안실로 옮겨졌다. 운전대에 얼굴을 묻고 흐느끼는 동안 주위가 천천히 밝아오면서 검은 장막을 드리우듯이 눈앞을 가로막고 있던 실체들이 하나둘씩 나타나기 시작했다. 그것은 섬뜩하게 두려운 것이 아니라 평소에도 지나치던 산, 나무, 들판, 길, 바위 같은 익숙한 것이었다. 나는 멈춰버린 승용차 안에서 뜨거운 눈물을 흘리며 알고 보면 죽음 역시 이렇듯 익숙한 것이라고 애써 자위하며 계속 그녀의 이름을 읊조렸다.

그사이 내 머리와 몸은 싸늘하게 식었고, 한마디 말도 없이 종적을 감추었다가 주검으로 나타난 그녀를 원망하기 시작했다. 차라리 나타나지 말 것이지…. 날이 밝아 보험회사 직원이 싣고 온 휘발유를 승용차에 채운 나는 그녀가 누워 있는 영안실이 아니라 서울로 향했다. 알고 보면 죽음은 아무것도 아니고 익숙한 것이라는 자조 섞인 변명을 눈물과 함께 흘리면서….

*

화가의 캔버스는 텅 비어 있었다.

장미 쪽에 시선을 두고 있는 화가의 얼굴이 취한 것처럼 붉었다. 좀처럼 구도가 잡히지 않는 모양이었다. 하얀 캔버스를 슬쩍 돌아보며 내가 물었다.

"그냥 가실까요?"

불을 붙이지 않은 담배를 손가락 사이에 끼우고 있던 화가가 그 손을 잠깐 들어 보이며 등을 돌렸다. 화가가 사라진 쪽을 물끄러미 바라보던 나는 하얀 캔버스를 다시 들여다보았다. 연필선 하나 없이 깨끗했다. 그동안 꽤 많은 시간이 흘렀는데도 화가는 선 하나 긋지 못하고 캔버스를 마주하고 있던 모양이었다. 화실에서 그의 작업을 몇 번 지켜본 나는 화가의 작업이 지난하다는 것을 알고 있었다.

다시 캔버스 앞으로 돌아온 화가의 몸에서 강한 담배 냄새가 풍겼다. 속이 타 거푸 몇 개비를 피운 모양이었다.

"그냥 가기는 아쉽고… 무엇이든 그리고 싶은데…"

화가의 눈은 이제 장미를 바라보지 않고 신록이 우거져 시커멓게 변해가는 산을 향했다. 화가와 나는 말 없이 검은 구름이 휘감기는 먼 산을 바라보았다. 산신각에서 들었던 까마귀 울음소리가 가까이서 들려왔다. 깎아지른 산에서 슬금슬금 내려오는 어둠에 등 떠밀리듯이 내가 침묵을 깨뜨렸다.

"오늘은 그리기가 어려운 모양입니다. 시간도 그렇고…"

화가는 대답 없이 안경 너머로 나를 올려다볼 뿐 여전히 침묵이었다. 어쩐지 자꾸 조급해진 내가 불쑥 뱉었다.

"그럼, 부탁을 좀 드려도 될까요?"

그제야 화가가 내 쪽으로 얼굴을 돌렸다.

"무슨 부탁을…"

"얼굴을 좀 그려주십시오."

"얼굴을?"

나는 지갑 깊숙이 넣어두었던 오래된 사진 한 장을 꺼내 화가에게 건넸다. 십 년도 전에 찍은 그녀의 흑백사진이었다. 화가는 내가 건넨 그녀의 사진을 손에 들고 오랫동안 내려다보았다.

"그리기가 여간 까다롭지 않겠는데…"

화가가 흑백사진을 흰 캔버스 하단 우측에 놓아두면서 들릴 듯 말 듯 중얼거렸다. 얼굴만 그리는 화가로 꽤 이름이 알려진 그였다. 그의 손을 통해 나타나는 얼굴들은 사람들의 숨결을 따뜻하게 느끼게 한다는 평단의 평이 따랐다. 캔버스에서 두어 걸음 물러난 화가는 그녀의 흑백사진을 바라보면서 도통 말이 없었다. 그 모습이 마치 내게 사진의 주인이 누구인지 말을 하라고 재촉하는 것 같기도 하고, 그림의 구도를 어떻게 잡을 것인가 구상하는 것도 같았지만, 화가는 손가락 하나 움직이지 않고 흑백사진 속 얼굴만 보고 있었다. 화가의 긴 침묵 덕분에 나는 오랜만에 환한 바깥으로 나온 그녀의 얼굴을 찬찬히 살펴볼 수 있었다.

나는 그녀를 야학의 동료 선생으로 만나 결혼을 했다. 결혼이라고는 했지만 함께 활동하던 동지들 몇을 모으고 주례를 본 선배에게 결혼 서약을 하고 반지를 주고받았다. 나는 그 자리에 초대할 가족이 아무도 없었고, 그녀는 가족을 아무도 초대하지 않았다. 우리는 야학을 지키며 가난하게 살았다. 이따금 현장을 떠난 선배들 대신 위험한 일을 하기도 하고, 때론 정치에 뛰어든 선배들의 선거운동을 돕기도 했다. 위태위태한 고비를 넘기면서 다수의 사람들이 어렵다던 선거에서 기적을 만들며, 그럭저럭 세상에 적응했다.

이런저런 핑계로 동지들이 떠난 현장을 지키면서 조금씩 지쳐가던 내게 강남 논술학원 강사 자리를 제의한 것은 뜻밖에도 그녀의 오빠였다. 일찍이 야학 현장과 결별한 그는 입

시학원의 논술 강사로 몇 년 동안 이름을 날리다가 창업의 기회를 잡은 모양이었다. 그는 나보다 자신의 누이동생을 파트너로 원했지만, 그녀의 단호한 거절에 내 쪽으로 방향을 바꾼 것이었다. 어쨌든 그는 나를 선택했고, 나는 그녀의 반대에도 불구하고 그와 손을 잡았다. 그 무렵 현장을 떠난 선배와 동료들의 성공은 눈부셨다. 그들이 떠난 현장을 지키면서도 자꾸 억울한 생각에 무기력해지던 나는 강남 논술학원에서 얻은 이윤을 통해 야학에 재정적 도움을 줄 수 있다는 그럴듯한 명분을 내세워 그녀를 설득했다. 결국 나는 강남 논술학원으로, 그녀는 야학을 지키는 것으로 절충을 보았다.

그녀는 그때까지도 나를 온전히 이해해주었다. 그것은 아마 부모 얼굴도 모른 채 장날을 쫓아다니며 남의 사주를 봐주는 할머니 밑에서 성장한 내 이력에 대한 그녀의 연민이자 사랑이었는지도 모른다. 할머니가 학교에 보내주지 않아 난장 이곳저곳 뒹굴던 새농민 잡지를 들고 혼자 글을 깨우친 나는, 열다섯 살 때 할머니가 돌아가시고부터 혼자 살면서 서울의 야간대학을 나온 초라한 이력에 대한 반동으로 강남 논술학원에 모든 것을 걸었다. 그때부터 부와 성공의 달콤한 거품이 부풀어 오르기 시작했다. 생애 처음으로 내 집을, 그것도 강남 집을 소유하기 위해 밤낮 가리지 않고 강의를 했다. 난

장 구석을 떠돌며 살던 내가 강남에 아파트를 마련하던 날 감격에 겨워 대취해 어느 때보다도 격정적으로 그녀를 품었다. 하지만 성공에 취한 나는 그녀의 얼굴에서 점점 웃음이 사라지는 것을 보지 못했고, 듣기 좋으면서도 보기에도 좋은 그녀의 말수가 적어지는 것을 느끼지 못했다. 성공에 도취 될수록 비좁은 교실의 어두운 조명 아래에서 졸고 있는 아이들을 상대로 뛰어난 강의 능력을 허무하게 소모하는 그녀가 불만이었다. 그날은 강남 송파에 여섯 번째 학원의 분원을 개원하는 날이었다. 나는 그동안 분원을 개원할 때마다 그녀가 들으라는 듯이 '실력 있는 강사 구하기가 하늘의 별 따기보다 어렵다'며 주절거리곤 했다. 그녀의 강의 실력은 강남 학원에서도 당장 스카우트할 만큼 출중했다. 나는 그런 그녀의 능력이 돈으로 보이기 시작했다. 송파 분원 개원 축하 술자리가 끝나고 집에 돌아온 나는 술 힘을 빙자해 그런 섭섭한 마음을 여과 없이 내뱉었다.

"이제, 위선 그만 떨고 그 지긋지긋한 야학 집어치워. 당신도 강남 아파트에 살면서…"

이튿날 잠이 깬 나는 돌이킬 수 없는 나의 실수를 깨달았다. 아무것도 지니지 않은 빈 몸으로 집에서 나간 그녀는 그날 이후 종적이 묘연했고, 자신을 아는 세상 모든 것과 연을 끊었다. 나는 방바닥에 머리를 짓이기며 후회했지만 이미 되돌릴 수 없었다.

*

"이 장미 말이오…"

솔기가 삐져나올 정도로 바랜 기억의 저편을 헤집고 있는 내 귀에 화가의 목소리가 들려왔다. 화가는 부러진 가지에 애처롭게 매달린 장미를 가리키며 목소리에 박힌 가래를 삼켰다. 그 역시 목의 가래 같은 무엇을 평생 가슴에 안고 있는 모습이었다.

"여인의 얼굴이오."

막상 이야기를 끄집어내기는 했지만 좀처럼 말을 잇지 못한 화가는 고개 꺾인 가지에 피어있는 장미에게서 시선을 돌리지 못했다.

"스승의 어린 부인을 사랑했어요. 그때 나는 어리고 서툴고 겁이 많았지만, 그 여자 앞에서는 어쩐지 스승을 넘어서는 사람이고 싶었습니다. 스승이 교통사고로 세상을 떠난 후 얼마 되지 않아 몹쓸 병에 걸린 그녀가 마지막으로 몸을 의탁한

게 이곳입니다. 난 그녀의 곁에서 얼굴만 그렸어요. 가슴에 그려 넣듯이 얼굴을 그리고 또 그렸습니다. 1년 남짓 투병을 하던 그녀는 결국 먼저 떠났습니다. 주지 스님은 여동생이었던 그녀의 유골을 이곳에 흩날렸고, 나는 그 땅에 그녀가 좋아하던 크림색 장미나무를 심었습니다. 그 후로 봄이면 찾아와 장미꽃으로 피어난 그녀의 얼굴을 그리면서 40년이 흘렀습니다.”

묵묵히 듣고 있던 나는 그제야 화가가 개심사 장미 이야기를 하며 초조하게 서두르던 발걸음의 원인을 알 것 같았다. 40여 년 동안 한해도 거르지 않고 봄이면 달려와 장미로 피어난 사랑했던 이의 얼굴을 그리는 화가는 그 얼굴을 마주 볼 자격이 충분했다. 하지만 아내였던 여자의 얼굴을 보는 게 두려워 영안실에도 가지 못하고, 사진조차 오래오래 꺼집어내지도 못하고 살아온 나는 과연 그 얼굴을 그려서 계속 볼 자격이 있을까 싶은 생각에 갑자기 몸이 허둥거렸다.

“너무 늦게 왔어요. 얼굴이 보이지 않아요. 이런 경우가 없었는데 나도 이제 늙었는가 봅니다.”

화가의 절망 앞에서 나는 괜히 그림을 부탁했나 후회가 되었다. 평생 얼굴을 그려온 화가의 입에서 나온 ‘얼굴이 보이지 않는다’는 말이 부탁을 들어줄 수 없다는 거절을 뜻하는 것 같이 들려 나는 더 안절부절못했다. 그때 화가가 조심스럽게 물었다.

"혹시, 명부전에 들렀습니까?"

"예…"

"지옥의 10대 대왕들도 만났겠군요?"

"하나같이 화내고 꾸짖고 눈을 부릅뜬 무서운 얼굴이었습니다."

"그게 세상의 얼굴입니다."

"그곳에서 그와는 전혀 다른 얼굴도 보았습니다."

"아, 그이의 초상화를 보았군요."

화가는 비로소 어떤 의문이 풀린다는 표정으로 그녀의 흑백사진으로 얼굴을 돌리며 덧붙였다.

"그이가 돌아가신 날 큰스님이 급하게 찾아서 달려갔더니 당장 그이의 초상화를 그리라는 것입니다. 당혹스러웠습니다. 큰스님은 세상이 다 아는 보수를 대표하는 어른이라는 것과, 나는 그이를 잘 몰랐기 때문입니다. 그런데도 큰스님은 그런 내 처지는 안중에도 없이 당장 명부전에 들어가 초상화를 그리라고 다그치는 겁니다. 무엇에 쫓기는 사람처럼 말입니다. 곧 저녁 공양이 시작되는데도 막무가내로 나를 명부전으로 쫓아버리고 화구를 넣어주었습니다. 그 안에서 밤새워 초상화를 완성했어요."

"유화 초상화였습니다."

"맞아요. 연필로 가볍게 그리는 스케치는 행여 생각지도
말라는 큰스님의 엄포에 유화로 그렸습니다."

"단 하룻밤 사이에… 대단하십니다."

"세상의 아픔을 지닌 얼굴이었기에 생각보다 어렵지 않았
습니다."

"…"

나는 화가의 말을 이해할 수 없었지만, 이마에 깊숙이 패
인 몇 개의 주름이 선명하게 그려진 그이의 초상화가 자꾸 떠
올랐다.

"이 젊은 여인의 얼굴에도 그런 아픔이 보입니다. 그런데
왜 여인의 초상화를 그리려고 합니까?"

화가의 갑작스러운 질문에 난 몸이 딱딱하게 굳었다.

"…"

"초상화를 그려드리면 어떻게 할 겁니까?"

계속되는 화가의 질문에 위축되어 나는 나지막하게 얼버
무렸다.

"많이 보고 싶습니다."

"초상화를 그려놓으면 많이 볼 수 있을까요?"

"마음이 앞서… 괜한 부탁을 드린 것 같습니다."

"아니오, 그런 말이 아닙니다…"

"사실, 매일매일 얼굴을 보고 싶습니다."

나는 솔직하게 속내를 내비쳤다. 대화를 하면서도 계속 주머니에서 담뱃갑을 만지작거리던 화가가 해우소 쪽으로 난 좁은 길을 허적허적 걸어갔다. 오늘따라 어깨가 좁장한 그의 등이 유난히 헐렁해 보였다. 나는 그녀의 낡은 사진을 바라보며 화가의 물음을 곰곰이 되씹었다.

국도에서 승용차를 돌려 서울로 돌아온 나는 학원을 정리했다. 그녀가 종적을 감춘 이후 모든 일에 의욕을 잃었고, 학원의 성장세도 차츰 꺾이기 시작할 무렵이었다. 그녀의 죽음에 충격을 받은 것인지, 아니면 발 빠른 미래에의 설계 때문인지 그녀 오빠는 돌연 미국으로 유학을 떠나면서 내게 학원 경영을 부탁했지만 거절했다. 살고 있던 강남의 아파트를 처분하고 무작정 떠돌았다. 나는 그때부터 종적이 묘연하던 그녀의 7년을 수사관처럼 뒤쫓았다. 무작정 쫓아 다녔다. 이런 저런 명분을 만들어 찾아다녔지만 그녀의 흔적은 어디에도 없었다. 깔끔한 성정만큼이나 주변 정리를 깨끗이 하는 버릇이라 그녀를 기억하거나 추억하는 사람은 없었다. 몇 군데 야학에서 그녀의 흔적이 발견되기는 했지만 서너 달을 넘기지 못하고 끊어졌다. 그럴수록 그녀의 7년이 더욱 궁금한 나는 어떤 기운에 떠밀려 혼자서 온갖 상상을 하고, 온갖 사건을 만들고, 온갖 언어들을 떠올리며 미친 듯이 돌아다녔다.

그렇게 떠돌다 해미읍성을 지척에 둔 이곳까지 오게 된 것은 그녀가 종적을 감춘 후 유일하게 보내준 사진 때문이었다. 사이트와 블로그를 뒤지며 빗물이 군데군데 남아있는 절 마당 장독대 옆의 비에 젖은 장미를 찍은 곳과 흡사한 장소를 찾아다니던 나는 누군가가 올린 개심사 사진을 보고 짐을 풀었다.

얼음이 깔린 천변이 보이는 주택가의 은퇴한 노인 부부가 사는 집 월세방을 얻은 이튿날 오후 나는 마을을 둘러볼 겸 산책을 나섰다. 12월 초인데 기온이 영하로 떨어지고 허연 눈이 날리면서 천변은 눈과 얼음으로 뒤덮였다. 그 천변길을 따라 걷다 보니 어느새 금방 어두워지고 기온이 급강하는 것이 느껴질 즈음이었다. 천변을 마주 보는 단층 주택의 1층, 전면이 유리로 된 화실에 불을 환히 밝히고 화가가 그림을 그리고 있었다. 화실의 대부분을 차지하고 있는 얼굴 그림이 내 눈길을 끌었다. 화실 벽에는 스케치나 유화로 그린 다양한 표정의 크고 작은 얼굴들이 빼곡히 붙어있었다.

얼굴들을 들여다보던 나는 갑자기 목구멍을 밀고 올라오

는 울음 때문에 적잖이 당황했지만 울음은 질기게도 이어졌다. 나는 천변 쪽으로 등을 돌리고 새벽 국도에서 운전대에 얼굴을 묻었을 때처럼 뜨거운 눈물을 흘렸다. 떠도는 동안 내 기억 속에서 그녀의 얼굴이 점점 희미해지고 있었다. 갑자기 울음이 터진 것은 머릿속이 그녀를 기억하지 못하는 서러움 때문이었다. 이상하게도 박박 문질러 씻은 듯이 그녀의 얼굴이 떠오르지 않던 나는, 화실에서 그녀의 얼굴을 발견한 듯한 기이한 반가움을 느끼며 무작정 문을 밀고 들어가 화가와 인사를 나누었다. 작지만 상대방을 찌르는 듯한 눈매 때문에 첫인상이 날카로운 화가는 젖은 내 얼굴을 보더니 아무 말 없이 따뜻한 화로 앞으로 안내했다. 그날 나는 수많은 얼굴에 둘러싸인 채 화가와 막걸리를 주고받다가 자정이 넘어 집으로 돌아왔다.

그 후로 내 집처럼 화실을 오가던 나는 어느 날 화가가 끓여준 따뜻한 커피를 마시며 조심스럽게 물었다.

"얼굴만 그리는 까닭이 있으십니까?"

"얼굴이 마음이 아니라는 것을 보여주고 싶어서입니다."

"흔히 얼굴은 마음의 거울이라고 하잖습니까…"

"얼굴은 현장입니다. 그 순간순간을 담아내는…"

나는 지금까지도 화가의 그 말을 이해하지 못하고 있지만,

그렇게 이어진 인연으로 개심사 장미 앞까지 달려오게 된 것이었다.

몸에서 담배 냄새를 풍기며 돌아온 화가가 작심한 듯 불쑥 내밀었다.

"초상화를 그려줄 테니 명부전에 모시도록 하세요."

"이곳 명부전에요?"

"그래요. 큰스님이 돌아가셨지만 그 정도는 할 수 있습니다."

순간 명부전 지옥대왕의 얼굴을 떠올린 나는 그녀를 명부전에 놓아두는 것에 동의할 수 없어 대답을 머뭇거렸다. 그런 내 모습을 보면서 화가가 쐐기 박듯이 덧붙였다.

"그곳에 모시고 봄에 장미 보러 오면서 한 번씩 얼굴을 보세요. 세상에서 가장 힘든 것이 가슴에 묻은 얼굴을 꺼내서 들고 다니는 것입니다. 그 무게를 어찌 감당하려고 하십니까?"

화가는 그만 떠돌고 정착하라는 말을 그렇게 에둘렀다. 어떤 대답도 찾지 못하던 나는 힘없이 고개를 숙였다.

"부탁드리겠습니다."

"대신, 그림값이 상당히 비쌉니다."

화가는 싱긋 웃으며 캔버스를 접고 화구 뭉치를 다시 꾸리기 시작했다. 산에서 내려온 어둠이 어느새 절 안마당으로 들어오고 있었다. 나는 대답 대신 캔버스를 어깨에 멨다. 그때 인기척이라고는 없던 공양간에서 잿빛 승복을 입은 나이 든 보살이 나오더니 우리 앞으로 다가왔다.

"오랜만에 오셨는데 저녁 공양을 하고 내려가시죠."

화가는 더 좋은 저녁 공양이 있다며 고개를 절레절레 내저 었다. 두 번 묻지도 않고 바로 등을 돌린 보살은 나타날 때처 럼 어떤 흔적도 남기지 않고 공양간 안으로 사라졌다. 그 모 습은 인적이 끊어진 절의 저녁을 닮아 있었다. 화구가방을 어 깨에 멘 화가는 그냥 돌아서기가 마냥 아쉬운 듯 장미를 눈으 로 계속 보듬어주다가 마침내 등을 돌렸고, 나는 그 뒤를 따 랐다. 멀리서 까마귀 우는 소리가 들려왔다.

절 입구 주차장에 승용차를 주차한 화가는 내 어깨를 툭 치며 전등 빛이 환한 막걸릿집을 가리켰다.

"초상화 작업이 끝날 때까지 막걸리가 그림값입니다. 엄청 비싸지요?"

나는 화가의 초상화 작업이 언제 끝날지 알 수 없었으나 그때까지 이곳에 머물 명분이 생겼다는 이상한 안도감에 젖 어 들었다. 그러면서도 그날 국도에서 승용차의 방향을 돌리 던 내 얼굴이, 7년 동안 그녀의 자취를 뒤쫓고 있는 지금의 내 얼굴이, 명부전 지옥대왕의 얼굴과 흡사하다는 생각에 자

꾸 부끄러워졌고, 검은 구름이 몰려든 하늘에서는 기어이 빗
방울이 떨어지기 시작했다.

눈길을 걷는다

눈발이 점점 굵어지고 있었다. 차창 밖을 보고 있던 연수가 옆에 앉은 어머니에게로 고개를 돌렸다. 손잡이를 잡은 어머니의 손등에 시퍼런 핏줄이 도드라져 보였다. 물끄러미 바라보던 연수는 생각난 듯이 자신의 손을 내려다보았다. 그 순간 성마른 목소리가 들려왔다.

"니 둘의 손이 어울린다고 생각했드나?"

줄곧 창밖에 시선을 준 채 말이 없던 어머니였다. 연수는 마치 부끄러운 것을 들킨 사람처럼 무릎 위에 가지런히 놓아두었던 손을 얼른 허벅지 밑으로 감추었다. 점심 무렵부터 내리기 시작한 눈은 세상을 온통 흰빛으로 바꾸었다. 연휴 첫날, 갑작스러운 폭설로 고속도로는 주차장을 방불케 했다.

며칠 전 대구에 사는 외삼촌이 큰딸 유미의 결혼을 알려왔
다. 유미는 스무 살 어린 나이에 이른 결혼을 했다가 이혼을
하고 혼자 아이 둘을 키우며 살고 있었는데, 다시 시작할 인
연을 만난 모양이었다.

전화를 끊은 연수가 어머니의 의중을 물어보려고 방문을
여는데 마치 기다렸다는 듯이 무엇인가가 얼굴로 날아들었
다. 왼쪽 뺨을 아슬아슬하게 비껴 바닥에 떨어진 것은 묵향이
배어있는 붓펜이었다.

"왜 그러세요?"

불을 켜지 않은 어머니 방은 사물의 윤곽이 흐릿했다.

"고 베라먹을 것이 나오지를 않아."

"그렇다고 그걸 던지세요? 다시 사오라고 하지…"

"몇 번이나 말했는데… 네년이 말을 듣기는 했냐?"

몇 번은커녕 처음 듣는 말이었다. 고개를 가로저으며 방안
의 전등을 켠 연수가 붓펜을 집으려고 손을 내밀었지만 좀처
럼 잡히지 않아 허둥거렸다. 그걸 지켜보다 심술궂은 어린아
이처럼 붓펜을 냉큼 집어 든 어머니가 연수의 등을 세게 후려
쳤다.

"나쁜 년."

어머니가 평생 입에 달고 살던 천수경을 직접 필사하겠다

고 노트와 붓펜을 요구한 것은 연수가 구치소에 수감된 상진의 면회를 다녀오던 날이었다. 휴대폰을 통해 들려오는 성마른 목소리에 연수는 목구멍까지 차오른 '엄마, 글을 모르잖아' 하는 말이 차마 입 밖으로 나오지 않았다. 문방구에서 한지로 묶은 노트와 붓펜을 사들고 집으로 걸어기던 연수는 갑자기 몰려오는 절망감에 아득해졌다. 하필이면 지금…

그때부터 어머니의 치매가 시작되었지만 연수는 아무에게도 내색하지 않았다.

눈빛 위로 겨울 어둠이 여운의 그림자도 없이 빠르게 번질 즈음 버스는 대구에 도착했다. 예상보다 서너 시간이나 더 걸려서인지 승객 모두가 지쳐 보였다. 대구 역시 온통 눈 세상이었다. 발목이 파묻히는 눈길을 걸어 정류장에서 시내버스를 기다렸지만 좀처럼 오지 않고 어쩌다 보이는 택시도 그냥 지나쳤다. 외삼촌의 아파트는 터미널에서 멀지 않지만 가파른 언덕을 올라야 했다. 백발이 성성한 택시 기사가 차라리 걸어가는 게 훨씬 빠르다고 일러주었다.

연수는 나란히 서 있는 어머니를 곁눈질했다. 혼자 몸 같으면 벌써 택시 기사의 말을 따랐을 것이지만 다리 관절이 나쁜 어머니를 눈바람 속에 걷게 할 수 없었다. 난감했다. 우두커니 서있던 어머니가 그런 연수의 속내를 들여다본 것처럼 목에 둘렀던 빨간 목도리를 풀어 머리와 얼굴을 감싸며 앞으로 나섰다.

"아버지 기다린다. 어서 가자."

아버지라면 치를 떨던 어머니는 치매가 시작되자 아버지부터 찾았다.

"미끄럽고 어두워서 안 돼요."

"아버지 기다린다니까."

어머니 음성에 박힌 오기는 여전하지만 과거와 현재를 오가는 기억이 자꾸 엉키는 모양이었다. 어머니가 반평생 기다린 아버지는 지금까지 돌아오지 않았다.

어머니는 상진이 구속당하자 말문을 닫았다. 처음 소개하던 날 그가 프레스 공장 생산직 사원이라는 말에 딱딱하게 굳은 어머니의 얼굴은 저녁 식사가 끝나도록 풀리지 않았다. 얼마 후 뉴스에서 노조투쟁 선봉에서 팔을 흔들며 목소리를 높이는 상진의 모습을 본 후로는 아예 외면했다. 텔레비전에서 노조 관련 뉴스만 보이면 죄다 상진이라도 되는 듯이 채널을 돌리면서 저런 짓거리를 직업 삼아 하는 놈이랑 살려면 차라리 혼자 살라는 말을 서슴지 않았다. 연수는 그게 서른 중반의 딸에게 할 말이냐고 바득바득 대들어 결국 결혼식장에 들어섰지만 채 6개월도 되지 않아 상진은 불법 파업 주동자로 구치소에 수감되었다. 딸과 둘이서만 똬리를 틀고 30여 년을 살아온 어머니에게는 적잖은 충격이었다. 어렵게 딸이 곁을 내준 남자가 딸을 지키기는커녕 구치소 면회를 다니게 만드는 현실에 어머니는 마음을 크게 다쳤다. 평생 시장에서 장사하며 딸 하나는 남부럽지 않게 키웠다는 자부심이 대단한 어머니였다. 어머니의 그런 자부심을 충족시키려고 연수도 열심히 노력했지만 평범한 성적으로 평범한 대학을 졸업하고, 중견 출판사에 취직해 월급과 상여금을 꼬박꼬박 받는 게 고작이었다. 그렇지만 연수의 그런 평범조차 남편 없이 살아온 어머니에게는 남다른 자부심이었다. 자부심을 생채기 낸 상처가 급격한 치매를 부른 게 아닌가 싶어 연수는 내심 불안했다.

연수는 눈과 어둠이 섞여 질벅거리는 길을 조심해서 천천히 걸었다. 어머니가 그런 연수 뒤를 바지런히 쫓았다. 건널목을 두어 개 건너자 뿌연 가로등마저 뜸해지며 주위가 점점 어두워졌다. 연휴가 시작된 날이라 상점들은 일찍 셔터를 내렸고, 그 앞에 내놓은 쓰레기더미 위에 쌓이는 눈이 자꾸 미끄러졌다. 머리를 감싼 어머니의 빨간 목도리에도 쌓인 눈이 흘러내렸고 어깨에도 마찬가지였다. 앞서 걷던 연수가 돌아보면 어머니는 어서 가라고 손을 내두르면서도, 길이 미끄러워 몸이 기우뚱할 때마다 연수가 내민 손을 매몰차게 거절했다.

눈앞이 지척을 분간할 수 없을 정도로 어두워지면서 차가운 바람이 섞인 눈발이 따가운 가시덤불이 되어 앞을 막아서는 바람에 거친 숨을 내쉬며 따라오던 어머니의 발걸음이 급격히 느려졌다. 사방에서 피할 수 없이 쏟아지는 눈발 아래에서 어머니를 기다리며 연수는 상진을 생각했다. 차가운 감방에서 어떻게 견디고 있을까 싶으면서도, 구치소로 들어가며 씩씩하게 흔들던 상진의 손을 떠올리면 어쩐지 모욕이라도 받은 것처럼 얼굴이 홧홧하게 붉어졌다.

상진이 사라지기 무섭게 기다렸다는 듯이 그 증상이 다시 시작되었기 때문이었다.

대학을 졸업하고 출판사에 들어가 편집 에디터로 10여 년째 근무 중인 연수에게 그 증세가 나타난 것은 출간 준비 중인 번역원고를 읽던 중이었다.

'여기에 하나의 손이 있다는 것을 당신이 알고 있다면 당신이 어떤 주장을 하든지 모두 인정하겠다.'

이 문장 앞에서 연수는 갑자기 감전당한 듯이 꼼짝할 수 없었다. 손에 관해 특별한 관심이 있거나 그럴 이유가 없었지만, 이상하게도 그 문장에 사로잡혀 눈길을 떼지 못했다. 얼마나 지났을까? 문장을 짚고 있던 자신의 검지손가락이 끝에서부터 차츰차츰 지우개로 지우는 것처럼 뭉개지는 것 같았다. 당황해서 얼른 손가락을 움켜쥐었지만 검지손가락은 물론 손가락이 몽땅 사라지고 없었다. 놀라서 무엇인가 잡아보려고 손을 뻗었지만 손가락이 사라진 손은 볼펜조차 쥘 수 없었다. 어쩔 줄 몰라 허둥거리는데 거짓말처럼 눈앞에 손가락이 고스란히 나타났다. 너무나 감쪽같아 실제로 그런 일을 겪었나 싶을 정도였다. 얼른 번역원고를 덮은 연수는 10년 동안 글자를 만지며 살아왔으니 이제 좀 쉬라는 경고 정도로 받아들이면서 퇴근을 서둘렀다. 그날 밤 연수는 아주 기분 나쁜 꿈을 꾸었다. 분명히 물건을 들고 있는데 손이 보이지 않고 감촉이 느껴지지 않았다. 그뿐만 아니라 종아리 아래가 허전해서 내려다보니 잘린 듯이 발이 사라졌다. 너무 놀라 깨보니 한밤중이었다.

회사에 출근한 연수가 컴퓨터를 켜려는 순간 그 증상이 현실로 나타나기 시작했다. 컴퓨터의 시작 버튼을 누르는데 손가락이 보이지 않았다. 다리가 잘린 듯이 허전해서 일어나보니 걷기조차 힘들었다. 분명히 제자리에서 멀쩡하게 붙어있는 손과 발이지만 보이지 않았다. 점심을 거르고 병원으로 달려갔다.

"선생님. 갑자기 손가락과 손이 보이지 않아요."

이것저것 묻던 의사가 짧게 뱉었다.

"불안 히스테리입니다."

불안이라니? 긴 세월 동안 어머니와 둘이 살아오면서 아버지 부재에 불안을 느끼기는 했지만 크게 의식하지 않고 살았다. 서른을 넘기면서 직장에서의 자리가 신경이 쓰이기는 했지만 아직은 견딜만했다. 결혼을 해야 한다는 강박관념도 없었다. 두어 명의 남자를 사귀었지만 이내 헤어졌다. 어머니도 결혼 때문에 연수를 강다짐하지 않았다. 의사가 물었다.

"출판사 편집 에디터라고 하셨죠?"

"네."

연수의 대답에 의사가 대수롭잖게 말했다.

"활자 불안 히스테리입니다. 한동안 그러다가 괜찮아 질 겁니다."

활자 불안 히스테리라는 말에 연수는 활자를 들여다보다가 문득문득 지나온 10년보다 앞으로 더 많은 날에도 활자를 만지며 보내게 되리라는 예감에 우울해하던 기억이 났다. 이 일이 나를 파괴할지도 모른다는 이상한 조바심에 초조할 때도 있었다. 그만큼 활자를 만지는 일은 연수의 온 신경을 초조하게 만들었다. 하지만 초보 편집자로서 교정 교열 맞춤법 익히기와 초교와 재교 삼교를 볼 때 유의사항을 숙지하고 제판, 인쇄, 제본소 현장을 뛰어다닐 때의 신나는 희열을 여전히 간직하고 있었다. 10년 차 편집자로서 어느 정도 자신의 정체성을 확립하고 있다는 자부심도 상당했다. 일간지 기자가 꿈이었지만 어느 날 우연히 발견한 채용 광고에 끌려 출판을 운명처럼 받아들였던 연수는 활자 불안 히스테리 정도는 충분히 극복할 수 있다고 스스로를 다독이며 병원을 나왔다.

이튿날부터 연수는 퇴근 시간이면 바로 집으로 왔다. 그동안 걸핏하면 야근이거나 원고 뭉치를 들고 오는 바람에 어머니와 마주 앉아 밥 먹을 시간조차 없었다. 어머니는 퇴근 시간에 맞추어 들어서는 연수가 이상한 듯이 요모조모 살폈다. 그렇게 열흘 정도 지나도록 별다른 증상이 없어 마음을 놓나 싶었는데 또다시 손발이 보이지 않는 증상이 나타났다가 사라지는 일상이 반복되었다. 연수는 눈으로 손을 확인하지 않으면 일을 못 했고, 눈을 감으면 바로 그 순간 몸이 무기력하게 무너져버렸다. 점점 자신에 대한 의식이 희미해지며 존재한다는 느낌이 들지 않았다. 내가 정말 나인지 누군가에게 묻고 싶었지만 그런 걸 물었다가는 미친년 취급을 당할 게 뻔했다. 누구에게도 표현할 수 없는 고통의 시간을 힘겹게 보내던 그 무렵 수연은 상진을 만났다.

눈길을 헤치며 30분 정도를 걷자 외삼촌의 아파트가 보이는 언덕 아래에 닿았다. 뒤에서 어머니의 목소리가 들려왔다.

"연수야."

연수가 돌아보니 어머니의 모습이 보이지 않았다. 놀라서 어둠 속을 더듬자 키 작은 사철나무 옆에 조그마한 눈사람처럼 앉아있었다.

"오줌이 급해서…."

어머니는 이렇게 거침없이 살아왔다. 어린 연수가 배고프다고 칭얼거리면 때와 장소를 가리지 않고 옷섶을 풀어 젖을 물렸다. 연수는 어머니 앞을 막아선 채 등을 돌렸다. 언덕 위 아파트에서 흘러나오는 불빛이 허공을 빽빽하게 채운 눈발 속에서 미등처럼 흐릿하게 보였다.

유미의 결혼 이야기를 듣고도 아침까지만 해도 별다른 기미가 없던 어머니가 점심 숟가락을 놓고 방에 들어가더니 한복차림으로 나왔다.

"가봐야지. 넌 내키지 않으면 관두고…"

아버지 기억에 사로잡힌 어머니의 치매가 우려되면서도

연수는 서둘러 옷을 갈아입었다. 대구 터미널까지 어머니를 모셔다드리고 형 확정 후 목포 교도소로 이감된 상진의 면회를 갈 작정이었는데 느닷없는 폭설로 외삼촌 집까지 동행하지 않을 수 없게 되었다. 연수는 혹시라도 자신의 몸에서 갑자기 그 이상한 증상이 나타나고, 어머니 치매 증상까지 겹치면 어쩌나 싶어 집을 나설 때부터 걱정이 앞섰다.

일어나서도 걸음을 옮기지 못하고 멍하니 서 있던 어머니가 낯선 얼굴로 주위를 두리번거리더니 불쑥 뱉었다.

"연수야, 아버지 집에 왔드나?"

"아버지?"

"그래. 보름이 지나도록 왜 소식이 없는지 모르겠다."

"엄마, 여기가 어디야?"

"어디긴 어디야 우리 집 가는 산모퉁이지, 요 계집애야…"

말끝을 흐리며 장난스럽게 희죽 웃는 어머니의 늙은 얼굴이 희끗희끗 흩날리는 눈발 사이로 기묘하게 번들거렸다. 열흘이 아니라, 30년 동안 소식이 없는 아버지는 행불자였다. 사진사 아버지는 오늘처럼 눈이 많이 오던 날 눈 사진을 찍고 온다며 몸과 함께 붙어살던 카메라를 들고 나가서 지금까지 돌아오지 않았다. 이 세상 어디에도 흔적이 없었다. 아무도 그 이유를 몰랐다. 카메라 셔터를 누르던 아버지의 희고 가느다란 손가락을 좋아했던 어머니는 어쩌다 술이라도 마시면 이유를 모르겠다고, 이유나 알았으면 원이 없겠다고 넋두리를 했다.

"엄마, 우리 지금 외삼촌 집에 가는 중이야."

"넌 항상 고따위로 말을 하지. 나쁜 년."

어머니는 샐쭉 토라진 얼굴로 한복 치마를 한 번 더 추스르고 걸음을 옮기다가 발목을 삐끗했다. 연수가 얼른 팔을 잡았기에 망정이지 하마터면 넘어질 뻔했다. 어지러운 듯이 잠깐 서 있던 어머니가 고개를 들며 다그쳤다.

"어서 가자. 너 외삼촌 기다리겠다."

연수는 금방 말짱해진 어머니 뒤를 불안한 걸음으로 따랐다. 눈이 쌓인 언덕은 미끄러웠다. 벽을 짚고 조심스럽게 걷는 어머니 발걸음은 위태위태하고 더뎠다. 언덕을 올라 아파트 앞에 다다른 연수는 몸에 땀이 질펀했다. 어머니 역시 마찬가지였다. 아파트 입구에서 연수가 어머니의 등을 밀었다.

"들어가세요."

선뜻 들어가지 못하고 불안한 듯이 자꾸 주위를 두리번거리던 어머니가 또 불쑥 물었다.

"연수야, 아버지 집에 왔드나?"

연수는 차마 그런 어머니를 두고 발걸음이 떨어지지 않았다. 나락을 알 수 없는 절망과 피곤을 동시에 느끼며 아파트 출입문 벨을 눌렀다.

외삼촌 댁에는 혼사 전야답게 사람들로 붐볐다. 대부분 연수의 결혼식에 참석했던 낯익은 얼굴이었다. 외삼촌 내외는 반갑게 연수와 어머니를 맞았다. 연수는 차마 외삼촌에게 어머니가 치매라고 말하지 못하고 가끔 기억이 혼동을 일으킨다고 얼버무렸지만 매사에 진중한 분이라 이상한 낌새를 눈치챘을 것 같았다. 외숙모가 차려준 저녁을 먹고 연수는 유미를 잠깐 보고 오겠다고 하자 외삼촌이 약도를 그려주었다.

유미의 집은 아파트 밑의 단독주택가 세탁소 옆이라 찾기가 수월했다. 혼자서 저녁을 먹던 유미가 놀라며 반색을 했다.

"신부집이 조용하네. 애들은?"

"동생 집에… 언니, 언제 왔어요?"

"조금 전에 와서 외삼촌 집에서 저녁 먹고, 커피 한잔 마시러 왔다."

커피잔을 가운데 놓고 연수는 오랜만에 외사촌 동생의 얼굴을 찬찬히 살폈다. 어느새 서른을 바라보는 유미는 늘 운명처럼 고여 있던 우울한 빛이 얼굴에서 많이 사라진 모습이었다. 어려서부터 산과 들을 좋아해 유미는 그곳에 데려가면 몇 시간 동안이나 혼자서 즐겁게 노는 아이였고, 감수성이 예민하고 글쓰기를 좋아했지만 일상적인 이해력이 부족해서 말하는 것이 조금 느렸다. 그러면서도 의미를 지닌 시 속의 비유와 상징을 이해하는데 별로 어려움을 느끼지 않는 아이였다. 어려서부터 친가보다는 외사촌들과 교류 잦았던 연수는 비교적 유미와 많은 시간을 보냈다. 시적인 언어를 잘 알아듣는 유미를 연수는 꼬마 시인이라고 불렀다. 어린 유미는 사물을 몸으로 느끼고 사랑했지만 사람들의 눈에는 그런 그녀가 느리게만 보였다. 그런 유미를 걱정해 일찍 결혼을 시켰지만, 유미에게는 그 시간이 혹독해 견디지 못했다.

연수가 조용히 물었다.

"어떤 사람이니?"

"조그마한 가게를 해요. …공장에서 사고로 한쪽 다리를 다쳤지만 좋은 사람이에요."

"그렇구나. 저쪽도 재혼?"

"초혼…"

"그래, 아이들은?"

"아버지에게 1년만 키워달라고… 했어요."

"외삼촌 집에서?"

"그 사람은 애들과 같이 살자고 했지만 싫다고 했어요. 내가….”

커피잔을 만지작거리며 연수를 향해 희미하게 웃은 유미
의 이마에 그늘이 설핏 스치고 지났지만, 그 밑에 꿈틀거리는
욕망이 정직했다.

“언니… 나, 참 나쁘지.”

“…”

연수는 가슴이 먹먹해 입을 다물었다. 아무 말도 할 수 없
었다. 냉장고 속에서 과일을 꺼내 깎아 내밀며 유미가 조심스
럽게 입을 열었다.

“언니는… 어때요?”

“고만고만하게 남들처럼 살고 있다.”

“고만고만하게… 남들처럼…”

유미가 마치 확인이라도 하듯이 연수의 말을 따라 하면서
따뜻하게 웃었다. 덧니가 살짝 보이는 유미의 웃음에 연수는
가슴이 아팠다. 고만고만하게 남들처럼 사는 것이 애당초 자
신에게는 허락하지 않는가 싶으면서 갑자기 어떤 서러움 같
은 것이 밀려와 자리에서 얼른 일어났다.

“그만 갈게. 내일 힘들 텐데 일찍 자.”

“언니… 바래다줄게요.”

외투와 목도리를 걸친 유미가 연수의 뒤를 따라 나왔다.

쉬지 않고 내리는 눈으로 단독주택 동네는 점점 가라앉고 있는 것 같았다. 인적이 끊긴 길 위에 사락사락 눈이 쌓이고 앙상한 나뭇가지에 달렸던 눈은 제힘에 겨워 떨어졌다. 개 짖는 소리가 컹컹 울리더니 전조등을 눈부시게 밝힌 배달 오토바이가 미끄러운 길에도 아랑곳없이 빠르게 지나갔다. 그 바람에 담장 위에 쌓였던 눈이 무너져 내렸다. 연수는 그 사이로 흘낏 비껴가는 상진의 얼굴을 보았다.

노동 쟁의를 하다 감옥에 들어간 양심수들의 옥중 편지를 묶어 책을 만드는 실무 담당이 상진이었고, 연수는 그 책의 담당 편집자였다. 연수는 출판사 회의실에서 양심수들이 보낸 두툼한 육필 편지 뭉치를 펼치는 상진의 손을 처음 보았다. 두툼하고 단단한 손이었다. 원고 뭉치를 만지는 굳은살 박인 손가락은 건강한 혈색이 돌았고, 투박한 손바닥에는 긴장감을 녹여내는 묘한 자유로움이 엿보였다. 연수는 그런 상진의 손에서 눈을 떼지 못했다.

손에 관한 문장을 처음 읽었을 때처럼 상진의 손이 자신의 모든 것을 집어삼키는 것 같으면서, 지난 몇 개월 동안 자신을 따라다니던 증상이 사라지는 것을 느꼈다. 며칠 후 연수는 상진에게 만나자고 먼저 연락을 했다. 영문을 모르고 쫓아온

상진은 연수가 말없이 자신의 거친 손만 들여다보고 있는 것
이 계면쩍어 영화를 보자고 했다. 둘은 영화를 보고 밥을 먹
고 맥주도 마셨다. 몇 번 만난 후에는 상진의 차를 타고 야외
로 나가기도 했다. 상진을 만난 이후 연수는 몸에 보이던 증
세가 씻은 듯 깨끗하게 사라졌다. 현장에서 일하며 노조활동
을 하는 상진은 부모를 여의고 혼자서 두 동생을 키운 가장이
었다. 일찍부터 손으로 세상의 이치를 배웠고, 무엇보다도 손
을 믿는 남자였다. 연수는 그런 상진의 손이 큰 의지가 되었
다. 활자에 갇혀 살아온 자신의 손은 상진의 손이 만들어내는
세상에 생소하면서도, 고통이 사라지는 편안한 이기심 때문
에 서둘러 청혼을 했다. 결혼 후 침대에서 사랑을 나눈 후 연
수는 자신의 몸을 만지는 상진의 손을 놓칠까 봐 매일 밤 깍
지를 끼고 잠들었다.

　연수는 상진이 구속되자 기다렸다는 듯이 손과 발이 사라
지는 증상에 시달렸다. 그런 증상을 내색하지 않으려고 얼마
나 노력했는지 모른다. 몇 시간 동안 조각상처럼 앉아서 일하
면서 의식적으로 자세를 유지하려고 애썼지만 자연스러운 자
세를 취할 수 없었다. 억지로 만들어낸 부자연스러운 자세에
늘 주의를 기울여야 했다. 밥을 먹으면서 손톱에 피멍이 들
정도로 숟가락과 젓가락을 꽉 쥐곤 했다. 아플 만큼 꽉 쥐지

않으면 금방 떨어뜨리기 때문이었다. 잠이 깬 아침이면 발이 보이지 않아 침대에서 내려오지 못하고 한참 동안 버둥거릴 때가 많았다.

연수는 자신의 그런 상태를 적절하게 표현할 수 있는 말이 없었다. 공감을 얻기도 어려웠다. 온몸이 멀쩡한 연수가 시내버스에 올라 눈앞의 손잡이를 잡지 못하고 손을 허우적거리면 누구도 그 모습을 이해하지 못했다.

조바심에 야위어가는 연수를 보다 못한 의사는 정신과 전문의를 소개해주었다. 눈앞에서 손과 발이 자꾸 사라진다는 연수의 말에 정신과 의사는 차분하게 입을 열었다.

"정밀 검사를 해봐야겠지만 몸의 고유감각에 문제가 있는 것 같습니다."

"고유감각이라뇨?"

"몸에 달린 눈과 같은 것입니다."

"몸의 눈이라고요?"

"몸이 자기라는 것을 느끼는 감각으로, 우리 몸에 있는 제육감第六感이라는 겁니다. 제육감은 근육, 관절, 힘줄과 같이 우리 몸의 움직이는 부분을 따라 전달되는 감각의 흐름입니다. 인간은 의식할 수 없는 이 감각을 통해 몸의 움직임, 위치 같은 것이 끊임없이 감지되고 수정되면서 몸이 자신을 볼 수 있게 해주는 겁니다.”

“그것에 문제가 생기면요?”

“자신의 몸을 볼 수 없게 됩니다.”

“몸을 볼 수 없다고요?

“정밀 검사를 해봐야 알겠지만… 문제는 아직까지 치료방법이 없다는 겁니다.”

“…”

고유감각이라는 말을 끝도 없이 중얼거리며 병원을 나온 연수는 몸을 볼 수 없다는 느낌을 안고서 평생 살아가는 인생은 도대체 무슨 의미일까 하는 생각에 진저리를 쳤다.

“유미야, 세상이 이렇게 눈에 덮여 사라지듯이, 만약에 몸이 눈앞에서 사라져버린다면 어떻게 될까?”

“언니, 무슨 말인지…?”

연수의 팔을 살그머니 잡으며 되묻는 유미는 계속 그렇게 잡은 채 눈길을 걸었다. 둘은 말없이 걷기만 했다. 눈 쌓이는 소리만 허공을 가득 채웠다. 아파트 앞까지 왔다가 혼자 집으로 돌아가는 유미의 뒷모습을 바라보며 서 있던 연수는 그녀가 점점 작아져 눈앞에서 완전히 사라진 후에야 아파트로 들어섰다.

연수는 거실 아래쪽에 잠들어 있는 어머니를 깨우려다가 그만두었다. 지친 흔적이 얼굴에 거미줄처럼 걸려 있었다. 연수는 작은 방에 들어와 누웠으나 잠이 오지 않았다. 창문에 눈송이가 비스듬히 부딪쳤다. 창문을 열고 밖으로 손을 내밀었다. 찬 바람과 눈발이 닿자 손의 감각이 느껴졌다. 분명 이렇게 존재하는 손을 느끼지 못할 때가 있었다. 그런 순간이 되풀이되자 연수는 손과 발을 분명히 내 것이라고 말할 자신이 없어졌다. 문득 정신과 의사의 말이 떠올랐다.

'실험용 개구리는 중추와 척수의 신경을 빼버립니다.'

연수는 실험실의 개구리같이 감각이 사라지고 몸을 느끼지 못하며 살아야 한다는 두려움에 밤새도록 뒤척이며 상진을 생각했다.

하객을 태운 전세버스 기사는 시간에 맞추어 아파트 앞에 도착했지만 밤사이 그치지 않는 눈 때문에 시간 맞추어 결혼식장에 도착하는 것이 불투명하다고 했다. 치마와 바지 끝에 흙탕물이 묻은 하객들을 태운 버스는 출발했지만 기사의 우려대로 시내를 벗어나기도 전에 답답하게 서 있기 일쑤였다. 신부는 새벽같이 신랑과 함께 승용차를 타고 떠났다고 했다. 연수와 나란히 앉은 어머니는 버릇처럼 손잡이를 꼭 붙들고 있었다. 제설 작업으로 도로의 눈은 많이 사라졌지만 버스는 서다가다를 반복했다. 하객들은 따뜻한 버스 속에서 부족한 잠을 보충하고 있었다. 어머니도 손잡이를 잡은 채 끄덕끄덕 졸았다. 간신히 시내를 벗어 난 버스는 국도에서는 그냥저냥 굴러갔다. 스쳐 지나는 산과 들은 온통 은백색 세상으로 검은 티 하나 없이 깨끗했다. 그 사이를 뚫고 이어지는 길은 곧게 쭉 뻗는가 싶더니 완만하게 굽어지다 급격히 원을 그렸고, 그렇게 산모퉁이를 돌면서도 계속 이어졌다.

연수는 상진의 구속과 함께 다시 찾아온 손발이 사라지는 증상에 짓눌려 무엇을 해야 할지 엄두가 나지 않았다. 어머니의 치매도 두려웠다. 그녀는 아직 갈 길이 많이 남은 서른 살 중반이었다. 두꺼운 구름 사이를 뚫고 고개를 내민 빛으로 버스 안이 잠시 환해지는가 싶더니 금방 어두워졌다. 그사이 잠에서 깬 하객들로 버스는 다시 시끌벅적했고 벌써 캔맥주 뚜껑을 따는 이도 있었다. 어머니는 연수가 건넨 음료수를 한 모금 받아 마시고 줄곧 창밖에 시선을 두었다. 버스는 아슬아슬하게 시간에 맞추어 예식장에 닿았다.

결혼식이 흔히 그렇듯이 유미의 결혼식도 시간에 쫓기며 일사천리로 진행되었다. 신랑신부가 입장하자 주례사를 듣고 가족사진 찍고 밥을 먹었다. 연수가 가져다주는 음식은 거들떠보지도 않고 호박죽 서너 숟가락을 뜬 어머니는 홀짝홀짝 맥주를 마시더니 주정처럼 웅얼거렸다.

"너도 무슨 팔자가…"

"엄마, 취했어?"

각진 연수의 음성에 어머니는 심술궂게 입술을 깨물면서 맥주잔을 비웠다. 식당에서 대부분의 시간을 보낸 하객들은 얼근히 취한 얼굴로 다시 버스에 올랐다. 술 때문에 목소리가 커지고 비틀거리는 사람들도 있었다. 맥주를 제법 마신 어머니는 신랑이 아주 착실해 뵈더라고 건너편에 앉은 외삼촌에게 자꾸 말했다. 창밖은 빠르게 어두워지고 버스 안에 전등이 켜졌다. 술 취한 아저씨가 마이크를 잡고 뽕짝 메들리에 맞추어 노래를 불렀지만 곧 잠잠해지면서 여기저기 코 고는 소리가 들려올 때 어머니가 잠결처럼 웅얼거렸다.

"먼저 가거라. 난, 며칠 있다가 갈 테니."

그런 어머니를 바라보는 연수는 심란했다. 버스는 느리게 달렸고 하늘은 우중충하게 정지되어 있었다. 얼마나 지났을까? 갑자기 고개를 든 어머니가 불안한 듯이 두리번거리면서 물었다.

"연수야? 아버지 집에 왔드나?"

그 순간, 연수 머릿속에 오래된 장면 하나가 캄캄한 어둠 속에 갑자기 나타난 등불처럼 또렷하게 떠올랐다.

그해 겨울은 유달리 눈이 흔했는데 그날은 아침부터 세상을 뒤덮어버릴 것 같이 눈이 쏟아졌다. 연수와 나란히 배를 깔고 엎드려 라디오를 듣던 아버지가 벌떡 일어나 카메라를 들고 밖으로 나서며 언제나처럼 범상히 말했다.

"연수야. 아버지 사진 찍고 올게. 설경이 멋지다."

따뜻한 방바닥에 엎드린 채 아슴아슴 졸고 있던 연수는 아버지의 그 말을 들으며 깊은 잠 속으로 빠져들었다. 그리고 그 이후의 일은 기억나지 않았다.

어머니는 아버지가 모습을 보이지 않은 후부터 새벽에 연수 밥을 차려놓고 집을 나섰다가 밤이 되어서야 돌아왔다. 그날도 연수는 방에 엎드려 어머니를 기다리는데 갑작스레 눈이 쏟아졌다. 곧 그치려니 했는데 그게 아니었다. 작심한 듯이 퍼붓기 시작하더니 삽시간에 마을을 하얗게 바꾸어놓았다. 처음 보는 폭설이었다. 앞산에서 소나무 가지가 쩍쩍 비명을 지르며 찢어졌다. 읍내를 오가던 버스가 끊기고 마을은 삽시간에 가라앉았다. 신작로는 눈 속에 파묻혔고 인적이 끊어졌는데 어머니는 좀처럼 돌아오지 않았다. 연수는 방문을 활짝 열어 놓고 눈을 보고 있었다. 마당에는 자꾸자꾸 눈이 쌓였다. 개 짖는 소리가 이따금 들려왔을 뿐 마을은 섬뜩하도록 고요했다. 왕왕 울리던 마을 스피커도 침묵했다. 무서운 정적이 처마 끝을 맴돌다 눈덩이와 함께 떨어지곤 했다. 연수는 밖을 바라보며 볼륨을 높여 라디오 연속극을 들었다. 아버지가 사라진 후 라디오는 연수의 것이 되었다. 어린이 연속극이 끝났는데도 어머니는 모습을 보이지 않았다. 시장에서 장사를 하는 어머니는 항상 어린이 라디오 연속극이 끝나면 마당으로 들어서곤 했다. 연수는 옷을 주섬주섬 챙겨 입고 어머니가 신던 장화와 외투를 뒤집어쓰고 무작정 밖으로 나왔다.

희게 변한 세상은 무엇인가 끊임없이 부러지거나 내려앉는 소리만 들릴 뿐 움직이는 것이 없었다. 목재소 마당에 쌓아둔 나무에 눈이 덮여 마치 산 같았다. 연수는 버스가 다니는 신작로를 따라 걸었다. 어머니가 그 길을 걸어오지 싶었다. 무릎까지 쌓인 눈 때문에 걷기 힘들었지만 무엇에 홀린 사람처럼 걸었다. 마을 입구의 상엿집을 지나면서 더럭 겁이 났지만 돌아가기는 싫었다. 눈과 어둠에 갇힌 마을이 희미한 불빛을 흘리며 등 뒤로 점점 멀어지고 개 짖는 소리가 아련히 들려왔다. 산모퉁이를 돌아서자 기다렸다는 듯이 어둠이 연수에게 달려들었다. 장화 속에 눈이 들어가 질퍽거리고 발이 시렸다. 금방이라도 귀신이 튀어나올 것 같아 머리끝이 쭈뼛거렸다. 더 나아갈 수도, 뒤돌아설 수도 없는 난감한 지경에 허둥거리는데 무슨 소리가 들렸다. 아무것도 보이지 않는데 그 소리는 점점 크게 들려왔다.

"연수야! 여기다, 여기."

연수는 눈물이 그렁그렁 하는 눈에 힘을 주며 어둠 속을 더듬었다. 비바람으로부터 송덕비를 보호하는 좁은 지붕이 눈에 들어왔고, 그 밑에 쭈그리고 앉아 숨을 돌리고 있는 어머니가 보였다. 치마를 추스르고 일어서던 어머니는 눈과 눈물이 뒤범벅된 얼굴로 반갑게 다가서는 연수를 보자 반기기는커녕 다그치듯이 물었다.

"연수야, 아버지 집에 왔드나?"

"…"

얼른 대답 못 하는 연수를 마뜩잖게 노려보던 어머니는 말없이 휙 돌아섰다. 그때 크게 뜬 어머니의 눈에는 어린 연수의 눈으로 포착할 수조차 없는 무서운 기운이 칼날처럼 곤두서 있었는데, 그 기운이 너무나도 일방적으로 연수의 얼굴에 파편처럼 날아와 박혔다. 순식간의 일이었고, 어머니는 이내 가쁜 숨을 내뿜으며 쏟아지는 눈 속에서 길을 만들며 걸어갔다. 연수는 그런 어머니 뒤를 숨을 헐떡이며 따랐다. 혼자 올 때보다도 더 힘이 들며 춥고 배가 고팠다. 질퍽거리는 장화가 무거웠다. 차츰 걸음이 헝클어지면서 어머니와의 거리가 점점 멀어졌다. 손과 발의 감각이 사라지는 것을 느끼면서도 어

머니를 부를 수 없었다. 어머니는 무릎까지 쌓인 눈을 뚫고
집으로 가는 동안 한 번도 뒤를 돌아보지 않았다. 밤이 되어
서야 집에 도착한 연수는 손과 발의 감각이 완전히 사라졌고,
아버지는 그날도 집에 돌아오지 않았다.

버스가 대구 시내에 들어섰을 때 창밖은 깜깜했다. 잠에서
깬 하객들의 말소리가 두런두런 들려왔지만 버스 안은 무겁
게 가라앉아 있었다. 버스가 기차역 앞에서 잠깐 멈추는 동안
연수는 자리에서 일어났다.

"여기서 내릴게요."

연수를 힐끗 바라보는 어머니의 눈에 어릴 때 보았던 칼날
처럼 무서운 기운이 설핏 비쳤지만 금방 사라졌다. 기억의 혼
란에 시달리는 치매 환자의 눈으로 자신을 바라보는 어머니
의 눈빛이 너무 처연해 연수는 하마터면 그 자리에 주저앉을
뻔했다.

연수를 비롯해 서너 명의 하객을 내려놓고 버스는 떠났다.
어머니가 버스 안에서 휘이휘이 손을 흔들었다. 연수도 잠깐
손을 들었다 놓았다. 같이 내린 사람들이 바쁘게 어둠 속으
로 사라지는 동안 연수는 불빛이 환한 역사를 쳐다보았다. 저
역사에서 밤 기차를 타면 마지막으로 도착하는 곳에 상진이

있었다. 상진을 만나면 무슨 말부터 해야 할까. 오늘도 아버지를 찾는 어머니의 이야기를 해야 할까? 연수는 무엇보다도 상진의 손이 보고 싶었다. 그의 손을 보아야 안심이 되어 무슨 말이라도 할 수 있을 것 같았다. 연수는 천천히 역사를 향해 걸어가기 시작했다.

눈은 좀처럼 그치지 않고, 눈길을 더 걸어야 할 모양이었다.

부산에 갔다

내일 오후에 부산에 같이 갈 수 있느냐는 선생의 연락을 받은 것은 창밖으로 보이는 광장에 어둠이 깔리는 퇴근 무렵이었다. 선생과 통화를 하면서 꽤 오랫동안 뵙지 못했다는 생각이 들어 동행 의사를 밝히고 휴대폰을 내려놓은 순간 정대우 씨의 얼굴이 눈앞을 스쳐 지나갔다. 취재 현장을 후배들에게 물려주고 전문위원으로 한 달에 두어 번 칼럼이나 쓰면서 소일을 하고 사는지 일 년이 넘었다. 신문사 외진 구석에 엎으려 그동안의 취재 밥으로 쌓은 경험을 전문 지식으로 포장해 써먹으며 적당히 시간이나 보내다가 곧 퇴직해야 하는 시기였다. 나는 앞으로 무엇을 해야 할지 막막했고 막연했다. 물론 현실적인 이런저런 제안이 없는 것은 아니지만 썩 내키는 것도, 그렇다고 그런 제안을 싹둑 무시할 현실적인 능력이 있는 것도 아니었다. 그렇게 눈치나 보면서 그냥저냥 시간만 죽이며 살아도 무엇이 그리 바쁜지 한동안 선생을 잊고 있었다. 이따금 강연이나 언론에 기고하는 칼럼을 통해 선생의 동정을 살필 수는 있었지만 내 쪽에서 먼저 연락을 하지는 않았다. 그래서 선생의 전화는 뜻밖이었다. 문단의 중진으로 왕성한 활동을 할 때 선생은 내가 몸담은 신문사가 표방하는 논조와는 다른 쪽에 계시는 분이라 자주 어울리지 못했다. 어쩌다 간담회 같은 모임이 있을 때에 동료 기자들 틈에 끼어 선생과 소주잔이나 기울이는 정도였다. 명색이 문학 담당 기자라는 직함 때문인지 선생은 각별히 챙겼지만 나는 선뜻 선생의 그림자 속으로 들어가지는 않았다. 문단 진보진영의 대표적인 인사로 알려진 선생과의 친분이 내 개인에게는 별로 이롭지 않겠다는 알량한 계산이 작용한 것도 사실이었다. 그래서 신간이 출간되면 과하지도 그렇다고 섭섭하지 않을 정도의 예우로 선생의 문학세계를 조명하는 기사를 내보냈고, 선생이 방북해서 여동생을 재회했을 때는 냉정하도록 팩트에 치우쳐 기사를 쓰기도 했다. 그런데도 선생은 이른 새벽 시간에 전화를 걸어 기사를 잘 봤다는 말을 잊지 않았다.

그렇게 일정한 거리를 두었던 선생과의 관계가 부쩍 가까워진 것은 내가 선생이 50여 년 동안 살고 있는 동네의 언저리로 이사를 간 후부터였다. 딸아이의 아토피가 우리 가족을 북한산 자락으로 들어가게 했고, 그것이 불광동에 살고 계시는 선생님과의 관계를 한층 돈독하게 만든 계기가 되었다. 기자 간담회나 문학상 시상식을 비롯한 여러 행사 뒤끝에 이어지는 술자리를 끝내고 귀가하는 방향이 같은 우리는 인사동이나 선생의 집 근처까지 두어 차례 자리를 옮기면서 밤늦도록 술을 마시다 헤어지고는 했다. 그러면서 나는 차츰 선생의 그림자 속으로 빨려 들어가는 자신을 억제하지 않았다. 내 머릿속에 평면적으로 서술되어있던 선생의 모습이 양, 음각의 입체감으로 묵직하게 각인된 것은 선생이 평양에서 누이와 재회하고 돌아온 며칠 후였다.

방북 후 인터뷰나 방송 출연 등으로 꽤나 분주하던 선생을 북한산 산행길에서 우연히 만난 날이었다. 기획기사 때문에 토요일 오후 서너 시가 넘어서 퇴근한 나는 집에서 등산화만 갈아 신고 근처 약수터로 향했다. 주말 오후의 약수터는 사람들로 붐볐다. 준비해간 물병에 물을 채우고 조금 더 걸어 올라가다가 자그마한 암자가 있는 쪽으로 방향을 바꾸어 꺾는 순간 혼자서 산을 내려오고 있는 선생과 마주쳤다. 반색을 하며 시원한 생맥주나 한잔하자면서 내 손을 잡아끄는 선생의 입에서 약한 술 냄새가 풍겼다. 산을 좋아하는 선생은 주말이면 어김없이 산에 다녔다. 오늘은 어쩐지 일행들과 헤어져 이곳으로 내려오고 싶은 게 강 기자를 만나려고 그런 게, 아니었냐며 선생은 소년처럼 해맑게 웃었다. 등산로 입구의 생맥줏집에 마주 앉은 선생은 안주가 나오기도 전에 차가운 생맥주 한 잔을 단숨에 들이켰다. 그제야 나는 선생께 누이동생을 만나고 온 소회를 조심스럽게 물었다. 선생은 기다렸다는 듯이 단숨에, 그야말로 단숨에 북에서 보고 들은 것을 마치 현장에 있는 것처럼 생생하게 들려주었다. 나는 선생의 기억력과 그 기억력 속에 들어있는 사물이나 인물에 관한 생생한 입담에 시간 가는 줄 모르고 이야기를 들으며 거푸 생맥주잔을 비웠다. 그렇게 얼마나 시간이 흘렀을까? 취기가 오른 상기된 얼굴로 선생이 갑자기 나지막하게 나를 불렀다.

"이보우, 강 기자."

나 역시 취기가 올라 벌건 얼굴로 대답했다.

"예, 선생님."

"그게 참 묘합디다. 참 묘해요…"

선생은 잠시 입을 다물었다. 선생이 입술을 꾹 다물자 얼굴에 묻어있던 취기가 씻은 듯이 사라지고 단단한 바윗덩어리를 마주하는 느낌이었다. 잠시 후 선생은 말을 이어갔다.

"누이동생을 만나서 절대 울지 않겠다고 다짐하고, 실제로 울지 않았어요. 오빠로서 대범해야 한다는 생각뿐이었어요. 그래서 울먹이는 누이에게 우리는 울지 말자고 다독였지만 결국 늙은 누이의 주름진 얼굴 위로 눈물이 번지더군요. 그런데 말입니다. 누이가 돌아가고 한참 동안 호텔 객실에 우두커니 앉아 있다가 세수를 하고 수건을 들었는데 말입니다. 그 순간, 수건이 얼마나 낡았는지… 우리는 발 닦는 수건으로도 사용하지 않을 낡은 수건을 보는 순간, 가운데 부분이 종잇장처럼 얇게 헤진 수건을 보는 순간, 와락 울음이 터져 나오는 거예요. 그래서 수건을 움켜잡고 한참을 울었어요. 강 기자, 그런 순간은 참 묘해요. 인생은 그렇게 묘한 것입디다."

다시 취한 얼굴로 돌아온 선생은 오랜 버릇인 씹다 만 노가리를 당신 잠바 주머니에 집어넣고는 다시 한 마리를 집어 들었다. 선생의 그 말에 나는 이상하게 오랜 시간 나를 둘러싸고 있던 어떤 무거운 장막을 걷어버린 듯 홀가분해져 자꾸자꾸 생맥주잔을 비웠고 차츰 기억의 끝이 멀어져갔다. 이튿날 잠이 깬 나는 잠바 주머니에서 씹다만 노가리 두 마리를 발견했지만, 그날의 그 홀가분함 정체가 무엇인지 지금도 알 수 없었다. 그날 이후로 적잖은 시간 선생과 어울렸지만 선생이 팔순을 넘기면서 예전처럼 술을 마시지 못하고, 내가 집을 남양주 쪽으로 옮긴 후부터 만나기가 힘들었다. 세종문화회관에서 열린 선생의 팔순 기념잔치에 다녀온 것이 마지막인 것 같았다.

옅은 어둠이 깔리는 광장에는 어제에 이어 오늘도 이런저런 단체들의 모임이 이어지는 중이었다. 꽤 오래전부터 수면 아래에서 간간히 들리던 대통령 비선 이야기가 이제는 광장으로 모이는 느낌을 지울 수 없었다. 광장에 모인 수백 명의 사람들은 아직 까지는 특정인의 이름을 노골적으로 거론하지 않지만 퇴근길에 마주치는 그들의 분위기는 하루가 다르게 구체적으로 무엇인가를 향하는 것 같았다. 나는 시계를 보며 퇴근을 서둘렀다. 곧 정대우 씨와 만나기로 한 약속 시간이었다. 내가 자세한 일정이나 목적 같은 것도 묻지 않고 덥석 선생의 부산행에 동행한 것은 정대우 씨의 얼굴이 자꾸 겹쳤기 때문이었다.

평일인데도 서울역은 사람들로 붐볐다. 가을이면 늘 입고 다니는 베이지색 코트 차림의 선생은 대합실 가운데에 서 있다가 입구로 들어서는 나를 발견하고 팔을 들어 반가움을 표했다. 그동안 좀 여윈 듯한 외관과는 달리 여전히 활기찬 모습이었다. 초청하는 쪽에서 보내온 ktx 기차표 한 장을 내게 건넨 선생은 서둘러 앞서 걸었고 나는 얼른 따라 걸었다. 부산행 ktx 기차에 자리를 잡고 앉아 내 쪽에서 선생의 근황을 묻기도 전에 선생이 먼저 입을 열었다.

"강 기자. 봤어?"

"네?"

나는 영문을 몰라 선생의 얼굴을 멀뚱하게 바라보았다. 선생은 어쩐지 무엇인가에 떠밀리듯이 조급해했다. 그런 내 느낌이 전달되었는지 앞으로 구부정하게 숙인 상반신을 의자의 등에 갖다 붙인 선생이 무심한 듯이 물었다.

"노숙인들 말이요."

그제야 나는 선생의 말뜻을 알아들었다.

"그 사람들도 어느 날 갑자기, 느닷없이 저렇게 된 것이겠지요?"

"저마다 사연이 있겠지요."

"허, 강 기자가 나보다 더 오래 산 것 같으이."

선생의 말에 나는 귀 끝이 홧홧할 정도로 웃었다. 누가 봐도 과장되어 보이는 내 웃음에 선생은 천연덕스럽게 따라 웃으면서 피곤한 듯이 하품을 길게 했다. 팔순이 넘은 노구로 부산까지의 여정은 만만치 않을 게 분명한데도 선생은 어딘가가 한구석 들떠 보였다. 그제야 나는 선생이 부산에 가는 이유가 궁금했다.

"부산에 무슨 일이십니까?"

선생은 이런저런 행사나 강연으로 부산을 자주 오갔고, 이따금 부산의 해운대나 광안리, 남포동, 동래온천장에서 부산의 지인들과 만나 회포를 풀기도 했다. 나도 몇 번인가 동행한 적이 있었다.

"강 기자, 오늘 음력으로 며칠이요?"

내가 휴대폰을 꺼내 들자 선생이 만류하듯이 말했다.

"오늘이 음력 구월 열나흘이에요."

나는 묵묵히 선생의 말을 기다렸다.

"부산에서 열나흘 달을 보고 싶어서…"

"…"

부산의 한 구청에서 문화공원 개장일에 맞추어 달맞이 야간 축제 일정 가운데 문학 특강 강사로 선생을 초청했는데, 주최 측에서 한 장 더 보내준 여분의 기차표를 보는 순간 내 생각이 나더라는 것이었다. 열나흘 달을 보러 부산을 간다는 말에 나는 역시 선생다운 행보라는 생각이 들었다. 선생은 달을 무척 좋아했다. 특히 열나흘부터 열닷새, 꽉 차게 부풀어 오른 달을 쳐다보며 걷는 시간을 즐겼다. 그것도 부산의 열나흘 달이었다. 나는 선생의 들뜬 기분이 이해가 되었다.

선생에게 부산은 특별한 곳이었다. 혈혈단신으로 고향을 떠나 추운 겨울 첫발을 디딘 남쪽 땅이었다. 고향 원산과는 달리 겨울에도 눈이 잘 안 오는 부산에서, 남쪽에서의 삶이 이토록 평생 이어질 것을, 그것이 선생의 운명이라는 것을 몰랐을 것이다. 부산은 열아홉, 청년이라기보나 소년에 가까웠던 선생이 혼자서 모든 길을 스스로 만들어야 하는 외롭고도 무서운 공간이기도 했다. 부두 노동과 제면소 직공, 미군 부대의 경비원을 전전하는 생존의 현장에서 선생은 교지와 둔감으로 그 시대를 견디었다고 했다. 그동안 수차례 동행하면서 나는 선생이 오늘처럼 열나흘 달을 보러 부산에 간다고 속내를 드러낸 것을 보지 못했다. 나는 선생이 이렇게 가감 없이 속을 내보이는 순간이, 선생이 말한 교지와 둔감의 시간을 보는 것 같아서 좋았다.

창밖을 바라보던 선생이 생각난다는 듯이 물었다.

"강 기자는 여전히 취재에 바쁘시고."

선생은 아직도 내가 일선에서 뛰는 줄로 알고 있었다.

"현장에서 밀려난 지 한참 되었습니다."

선생은 약간 어이없는 얼굴로 나를 뚫어지게 바라보다가 혼잣말처럼 중얼거렸다.

"강 기자가 벌써 그렇게 됐어요. 허어…"

선생은 사뭇 심각한 표정으로 빠르게 흘러가는 창밖의 풍경을 바라보다가 피곤한 듯 눈을 감더니 금방 가늘게 코를 골았다. 나도 상반신을 뒤로 기대고 앉아 깊은숨을 내쉬었다. 어제저녁에 정대구 씨와 마신 술이 아직도 위 한쪽 구석에 남아있는 듯이 속이 쓰라렸다. 술자리는 예상외로 길어져 자정을 넘겼다.

탈북자인 정대구 씨를 만난 것은 6개월 전이었다. 북한 핵원자력 공장의 부직장을 지낸 그가 10여 년 전에 탈북할 때 남한 정부에서는 군함을 동원할 정도로 공을 들였다. 탈북 초기 한국과 일본에서 북한 핵 개발에 관한 실상을 증언하는 기자회견을 하는 등 나름으로 활발한 활동을 벌였지만 탈북 10년이 넘어서면서 차츰 당국이나 사람들의 기억 속에 잊혀졌다. 그 후 다단계 사업에 뛰어들어 남쪽에서 이룬 부를 비롯한 모든 것을 한꺼번에 잃어버리고 좌절에 잠겨있던 그는 절치부심 북한 핵 개발 실상에 관한 장편 수기와 수백 편의 시를 썼다. 그러면서 북한에 두고 온 가족을 남쪽으로 데려오기 위해 무단히도 노력했지만 성사되지 않았다. 정대우 씨는 개인사가 고스란히 들어있는 수기 원고를 들고 탈북 기자회견 때부터 친분이 있던 우리 신문사 기자를 찾아왔지만 그는 이미 퇴사한 후였다. 하지만 정대우 씨의 정보를 가지고 보수

정권의 안보팔이 선봉에 섰던 우리 신문사로서는 그를 무작정 외면할 수 없었다. 그 부서의 선배 기자는 내게 그의 수기를 슬쩍 넘기면서 연이 닿은 출판사와의 연결을 부탁했다. 아무래도 저 양반 저러다가 오래 살지 못할 것 같다는 말과 함께. 그렇게 얼결에 정대구 씨를 만나 그의 이야기를 듣고 수기를 읽으면서 두어 번 만나 술잔을 기울이다 보니 정대우 씨는 내가 당연히 출판사를 소개해줄 것이라고 철석같이 믿었다. 수기 원고는 북한 핵 개발의 현장을 구체적으로 증언하면서 정대우 씨 본인이 겪은 실상들이 고통스럽게 서술되었지만 이미 10여 년이 지난 증언이라 달려드는 출판사가 없었다. 난감했다. 계속되는 좌절과 실패에 낙심이 큰 정대우 씨는 원고가 그대로 묻히면 어떤 극단적인 선택을 할지도 모를 정도로 감정 상태가 위태위태했다. 어제저녁에도 다섯 번째 고쳐서 출력했다는 원고를 내 앞에 던져놓고는 꼭 책으로 출간하고, 어떤 방법으로든 가족들을 남쪽으로 데려오겠다는 의지를 알코올로 불태웠다. 신문사를 그만두면 1인 출판사를 만들어 책과 같이 살아보는 삶을 고민 중이던 나는 정대우 씨의 원고가 시효성의 문제가 있지만 잘 가공하면 어떨까 싶은 생각도 들었다. 그래서 오랜만에 연락을 받은 선생에게 의견을 구해볼 작정으로 원고를 가방에 넣어왔지만 어쩐지 선뜻 내어놓기가 망설여졌다.

기차가 대전역을 지나면서부터 창밖이 점점 어두워졌다. 쾌청할 정도로 맑았던 하늘은 남쪽으로 내려갈수록 구름이 산발적으로 보이는가 싶더니 이제는 제법 크고 짙은 먹구름이 커다란 띠를 이루어 햇살을 가로막았다. 나도 잠을 청해보려고 의자 등받이에 목을 올리고 눈을 감았지만 좀처럼 잠이 오지 않고 오히려 정신이 맑아지면서 정대우 씨의 목소리가 자꾸 귓전을 맴돌았다.

"딸아이들에게 출장 갔다 오면서 신발을 사다 주기로 했는데 약속을 지키지 못했습니다. 남쪽에서 살면서 딸아이들의 생일날만 되면 신발을 구입하지만 전해줄 길이 없어 통일공원의 철조망에 걸어 놓은 게 십여 켤레입니다."

정대수 씨는 나를 만나면 눈물을 흘리며 장황하게 말을 되풀이하다가, 갑자기 무엇인가부터 도망치려고 하면서도, 내가 도와줄 힘을 가지고 있다고 굳게 믿고 있었다. 나는 그게 터무니없는 오해라는 것을 말해주려고 그를 만나면서도 그 얘기는 못 하고 같이 술을 마시고 부채처럼 그의 원고를 가방에 넣고 다녔다.

나는 가방에 들어있던 정대우 씨의 수기 원고를 꺼내 들었다. 다섯 번이나 고쳤다는 원고는 곳곳에 아직도 감정의 앙금이 그대로 묻어나는 단어가 수두룩했고, 때로는 격앙되고 때로는 처참하고 때로는 가슴을 먹먹하게 두드렸다. 원고를 뒤적이던 나는 다섯 번이나 고치도록 토씨 하나 틀리지 않고 고스란히 남아있는 부분을 들여다보았다.

북한 핵개발의 수장 중앙당 전병호 군수 담당 비서의 해결사 역할을 하던 나는 당의 명령으로 중국에서 외화벌이를 하던 중 운명의 장난에 휘말리면서, 북경주재 한국 대사관에 찾아가 망명신청을 하게 되었다. 그리고 밤샘 조사가 있었고, 한국 정부는 극비리에 군함을 파견하여 나를 남한으로 안내하였다. 참으로 고마운 일이었다. 하지만 그 대가는 너무나 가혹하였다.

당시 보수 정부의 정보기관은 군함까지 동원해서 나를 구원해 주었으니 신세를 갚으라며, 북한의 핵개발이 이미 2년 전에 대부분 동결되었다는 사실을 절대 발설하지 말라고 강요했다. 만약 그렇게 못하겠다면, "인천항에서 배에 태워 당장 중국으로 돌려보낼 수도 있고, 가는 길에 바다 한가운데에 수장시켜 버릴 수도 있다. 김대중이도 그렇게 수장시키려다 살려준 적이 있다. 더구나 당신은 아직 한국 국적이 없으니 그렇게 없어져도 찾을 사람조차 없잖은가"하고 협박했다. 남산 지하실 소문을 들어보았느냐며 엄포를 놓고, 자신들이 간첩이라고 판단하면 내가 간첩이 될 수도 있다고 으름장을 놓기도 했다. 그리고 북한 핵공장에서의 나의 신분을 격하시키고, 조작된 기자회견을 시키기 위한 리허설을 강요했다.

내가 기자회견을 완강히 거부하며 며칠 동안 버티자, 국정원 S과장은 밤에 나를 데리고 인천항으로 갔다. 그리고 거기에 대기하고 있던 배에 강제로 태우며 요원들에게 짤막하게 지시했다.

"보내버려."

이어 머리에 자루가 뒤집어 씌워지는가 싶더니 눈앞이 캄캄했다. 뒤로 뒤틀린 손에 수갑이 채워지고 온몸에 포승줄이 감겼다. 순식간에 벌어진 일에 감당할 수 없는 공포가 엄습하며 숨이 꽉 막혔다. 남한에 와서 정보만 다 털어주고 버려진다는 생각에 억울하기도 했다.

보내버리라는 말이 뭘 의미하는지 혼란스러웠다. 중국으로 보내버리라는 건지, 아니면 북한으로 보내버리라는 건지, 수장시켜버리라는 건지 몹시 두려웠다. 배가 멈추어 선 것은 공해상이었는데, 거기서 머리에 씌워진 자루가 벗겨지고, 대신 눈앞에 나타난 것은 이마를 겨누는 총구였다. 그러자 옆에 있던 다른 요원이 말했다.

"그냥 던져버려!"

그들은 내 발에 무거운 쇳덩이가 달린 쇠사슬을 칭칭 감았다. 그 순간 북한의 정치수용소를 피하려다가 그만 발을 헛디뎌 지옥에 떨어졌다는 생각에 온몸이 부르르 떨렸다. 북한 선전영화에 보면 남한 정보기관이 탈북자들에게 정보를 뽑아낸 후 잔인하게 죽이는 장면들이 나온다. 내가 그 꼴이 되었다고 생각하니 너무도 원통하고 두려웠다. 나는 무릎을 꿇고 살려달라고 애원했다. 살려만 주면 시키는 일은 무엇이든 다 하겠다고 다짐도 했다. 그들은 그런 내 모습을 보며 낄낄거렸다. 내 뜻은 그렇게 꺾이고 말았다.

내 평생에 처음 겪는 치욕이었다. 그날의 굴복은 너무도 창피하고 수치스러워 누구한테 말할 수도 없고, 내 기억에서 영원히 지워버리고 싶지만 영원히 씻을 수 없는 상처가 되었다. 내 인생에 그렇게 비굴했던 사실 자체가 도저히 용납되지 않아 무덤까지 고스란히 안고 가고 싶은 상처로 남은 것이다. 언론에 알려지는 것조차도 두려웠다. 그 사실이 북한에서 오랫동안 선전용으로 쓰이며 조롱거리가 되는 것이 싫었기 때문이었다. 체면과 자존심을 중시하면서 살아왔던 삶이 한순간에 무너져 내렸다.

나는 그렇게 뜻을 꺾고 목숨을 구걸한 비굴한 자가 되어 다시 한국 땅을 밟을 수가 있었다. 그리고 다음 날부터 조작된 기자회견을 위한 리허설이 있었고 그들이 써준 각본을 외우기 시작했다. 하루 종일 반복되는 리허설이었지만 그들이 시키는 대로 복종했다.

나는 갑자기 심한 피로감이 몰려와 읽기를 멈추었다. 정대우 씨는 이 대목을 몇 번이나 내 앞에서 읽으면서 그때마다 울먹였다.

"처자식까지 모두 버리고 조국 통일 운운하면서 남한으로 왔지만 결국 내 한 몸 살자고 알고 있던 정보도 엉뚱하게 왜곡하고 비굴하게 무릎을 꿇었습니다. 내 한 몸뚱이 살리기 위해서⋯⋯"

그때마다 나는 그 순간에는 누구도 그럴 수밖에 없었을 것이라고 말을 하면서도 속이 개운치 않았다. 내 말이 과연 얼마나 객관적인지 의문이었기 때문이다. 편편찮은 기분에 눈앞이 희미해지면서 갑자기 머리에 강한 통증을 느꼈다. 그때 잠에서 깬 선생이 어두워진 실내에 놀란 듯 급하게 창에 얼굴을 바싹 붙이고 바깥 하늘을 살폈다. 조바심을 내며 창밖을 노려보던 선생은 어쩌다 희미한 빛이 창문을 찔러오면 안정을 되찾기는 하지만, 옥죄는 조바심을 좀처럼 떨치지 못하며 표정이 자주 바뀌었다. 한쪽은 느긋한 표정이고 다른 한쪽은 긴장된 표정의 선생이 조심스럽게 중얼거렸다.

"오늘 달을 볼 수 있겠지요?"

그 말에 나는 어쩐지 숙지막해져 들고 있던 원고를 슬그머니 덮었다. 우두커니 창밖만 바라보던 선생이 한참 지나자 범상한 목소리로 물었다.

"강 기자, 요즘 들리는 소문이 사실입니까?"

선생도 청와대 비선 실세 이야기를 들은 모양이었다.

"이맘때가 많이들 위험하다고 합니다. 다른 정부 때도 마찬가지고요."

대답을 하면서 나는 슬그머니 말머리를 돌렸다. 자칫 연기

속의 비상계단처럼 아찔할 수도 있는 그런 대화가 어쩐지 어색했다.

"선생님께서는 여전히 왕성하십니다."

"그런가요? 여기저기서 부르면 염치없이 달려가서 그런가 봅니다. 그나저나 강 기자는 신문사 관두면 뭘 할 작정이우."

약간 짓궂게 들리는 선생의 말투에는 일종의 친밀감이 묻어있었다.

"글쎄요? 1인 출판사를 차려 볼까 생각 중입니다."

"출판사? 그걸로 먹고 살겠어요? 또 모르지, 강 기자는 능력이 뛰어나니까."

여전히 짓궂게 놀리는 것처럼 들리는 선생의 말에 나는 웬일인지 슬펐다. 창밖으로 빠르게 스쳐 가는 산야에 한동안 눈길을 두고 있다가 선생의 얼굴을 바라보던 나는 짧은 탄식을 내뱉었다. 선생은 어느새 검은 선글라스를 쓰고 있었다.

"얼마 전에 백내장 수술을 했는데 눈을 보호하려면 자주 착용하라고 하네요."

선생이 변명처럼 뱉었다. 나는 어떤 말이 목에 차올랐지만 꿀꺽 삼켰다. 장소에 맞지 않는 말 같았기 때문이다.

"그래, 무슨 출판을 하려고요?"

선생이 선글라스를 벗으며 물었다. 그사이 눈이 약간 충혈

되어 있었다.

"몸에 관련된 출판을 생각 중입니다."

"몸? 우리 몸을 말하는 겁니까? 그러니까 육체?"

"그렇습니다."

"그렇다고 뭐, 건강을 위한 그런 책은 아니겠지요?"

"예."

"정신이 아니고 몸이라니 특별한 이유라도 있으시오?"

"우리가 매일매일 이별하는 몸의 일기 같은 이야기가 필요
한 것 같아서요. 저는 선생님의 문학을 몸의 문학으로 생각하
는데, 그런 몸에 관한 사유 같은 것을 책으로 내볼까 싶습니
다."

"내 문학이 몸의 문학이라? 재미있네요."

선생은 내가 왜 당신의 문학을 몸의 문학이라고 생각하는
지 이유를 묻지 않았다. 다시 검은 선글라스로 눈을 가린 선
생이 창밖으로 고개를 돌리며 나지막하게 중얼거렸다.

"오늘 부산에서 열나흘 달을 볼 수 있겠죠?"

선생의 말에 나는 손에서 몇 번이나 만지작거리던 정대우
씨의 원고를 주섬주섬 가방에 집어넣었다. 그걸 보면서도 선
생은 무엇인지 궁금해하지 않았다. 80년대, 대부분의 작가들
이 내켜 하지 않은 빨치산 수기에 서문을 쓰고 당당하게 자

신의 이름을 밝힌 선생의 모습을 기억하고 있던 나는, 은연중에 정대우 씨의 수기에 선생의 이름이 들어가기를 바라는 것인지도 몰랐다. 그렇게 선생 앞에 원고 내미는 것을 주저하는 사이 기차는 부산역에 도착했다.

하늘에 짙은 구름막이 걸려 있는 오후 다섯 시 부산역 광장은 낮이 점점 멀어지고 빠르게 밤이 다가오는 듯 벌써 어둑어둑했다. 선생은 서둘러 걸음을 옮겼다. 옆에서 나란히 걷는 나는 언제부터 선생의 걸음이 이리 조급해졌을까 생각했다. 선생의 빠른 걸음은 익히 알려진 사실이었다. 특히 산에서는 그 걸음이 워낙 잽싸고 빨랐다. 그렇지만 빠른 것과 조급한 것은 달랐다. 부산에 도착한 후 선생의 몸은 무엇이 조급한지 잠시도 가만히 있지 못하고 자꾸 재촉하고 서둘렀다.

중구청에서 선생을 모시러 나오는 일행을 기다릴 때도 마찬가지였다. 30분이나 먼저 약속 장소에 도착했건만 그들이 보이지 않는다고 선생은 조바심에 슬쩍슬쩍 짜증을 얹었다. 그러면서 구름이 덮인 부산의 하늘에 자꾸 눈길을 주었다. 다행히 중구청 관계자들은 약속 시간보다 10분 일찍 나타나 선생을 승용차에 모셨다.

중구청 문화정책 과장이 선생을 데려간 곳은 중구 영주동의 40계단 앞이었다. 계단 앞에서 선생은 어리둥절한 표정이었지만 묵묵히 문화정책 과장의 설명에 귀를 기울였다. 계단 수가 40개여서 40계단이라고 불리는 이 계단은 6·25 전쟁 당시 전국 각지에서 몰려와 부산항이 내려다보이는 영주동과 동광동 산비탈에 임시로 판자촌을 이루고 살던 피난민들이 항구로 일을 나가고, 사람을 기다리고 만나기 위해 하루에도 수십 번씩 오가던 길목이었다. 실향민의 슬픔과 외로움, 굶주림과 허기를 달래던 곳이자 약속과 만남의 장소였다. 문화정책 과장은 그때를 추억하기 위해 중구청과 중구의 지역 주민들이 합심하여 40계단을 정비하고 기념비를 세워 제막식을 가졌다는 말로 설명을 마치면서 현 구청장님의 치적 가운데 하나라는 것도 빼놓지 않았다. 문화정책 과장의 말이 끝나자마자 선생의 날 선 목소리가 40계단 중간쯤에 대뜸 날아가 박혔다.

"그때를 추억하고 기념한다고, 이런 정신 빠진 사람들을 봤나?"

나는 얼른 선생 앞을 막아서며 문화정책 과장에게 신호를 보냈다. 카메라 기사까지 동행한 그들의 모습으로 보아 아마도 선생이 40계단을 오르는 모습을 찍고자 할 게 분명했다. 선생의 고함소리에 어리뜩하게 서있던 문화정책 과장이 금방 분위기를 깨닫고 얼른 뒤로 한걸음 물러섰다. 선생도 당신의 고함소리가 과하게 생각되었는지 40계단 앞에서 사진 기자들에게 포즈를 취하기는 했지만 계단을 오르지 않는 모습으로 불편한 심기를 고스란히 드러냈다. 경직된 분위기를 누그러뜨리려는 듯이 문화정책 과장은 특강 시간이 되려면 좀 여유가 있으니 따뜻한 차를 대접하겠다며 승용차로 산동네 옆길을 돌고 돌아 40계단 꼭대기 카페로 선생을 안내했다.

카페에 앉아서 유리벽 바깥이 어둠에 잠기는 부산항구의 모습을 바라보던 선생이 불쑥 말했다.

"사실은 나도 저 40계단 위 영주동에서 몇 달 살았어요. 그때가 내 인생에 가장 힘든 시기였어요. 참 철딱서니가 없어도 그렇지. 쌓아둔 계단 수만큼 시간은 돌려보내 지기 마련인데 뭘 새삼스럽게 추억하고 기념하다니…"

나는 대답 대신 점멸하는 불빛이 점점이 이어지다가 폭죽을 터뜨리듯이 곳곳에 불야성을 이루며 환하게 타오르는 부산의 야경을 바라보았다.

"선생님. 그때 부산의 야경을 기억하십니까?"

대답도 없이 한참 동안 야경을 바라보던 선생은 무엇인가를 억지로 벗겨내듯이 말을 뱉었다.

"기억하지요. 지금도 선연하게 기억하지요. 그렇지만 그걸 묘사할 수는 없어요. 오직 내 머리와 눈 속에만 또렷이 기억되는 풍경입니다. 그것이 내 입을 통해 묘사되는 순간, 그 순간 부산의 그 풍경은 거짓말처럼 사라질 것입니다. 그래서 말할 수 없어요. 그때 온몸으로 보아 낸 부산을 말입니다."

어둠 속에서 너무 요란하게 화장을 한 여인처럼 휘영스레 빛나는 부산의 야경을 두려운 눈으로 바라보는 선생의 이마에 희미하게 땀방울이 맺혔다.

강연 시간이 얼마 남지 않았다는 문화정책 과장의 말에 떠밀려 선생과 나는 다시 승용차에 몸을 욱여넣었다. 그사이 허공에는 조밀한 어둠이 빼곡하게 들어찼다. 조금 전 카페에서 먹은 몇 조각의 과자와 커피 한잔으로 우선 허기를 달래고 한 시간 예정인 선생의 문학 강연이 끝나면 공원 근처 한정식으로 가서 저녁을 먹는다고 문화정책 과장이 미리 양해를 구했다. 선생은 별다른 의사 표현 없이 창밖으로 흘러가는 밤하늘에서 눈길을 거두지 않았다. 동남쪽으로 희미한 별이 몇 개 돋아난 밤하늘에는 열나흘 달은 흔적도 보이지 않았다.

산을 깎아서 만든 문화공원은 비탈길을 따라 도로를 만들었고, 때로는 비포장도로에 가로등이 없어 캄캄한 구간도 많았다. 어둠 속에서 두서너 명씩 무리를 지어 올라가는 사람들이 드문드문 보였다. 공사 흔적으로 남은 자재들이 쌓여있는 공원은 을씨년스러웠다. 다행히 승용차가 도착한 곳에는 제법 불빛이 밝았고, 꽤 많은 사람들이 조명등이 쏟아지는 간이 무대를 중심으로 모여 있었다. 방금 공연이 끝났는지 귀에 익은 가수의 이름을 연호하며 박수를 유도하는 사회자의 마이크 목소리가 크게 들려왔다. 승용차에서 내린 선생은 밤하늘에 시선을 던지고 걷다가 하마터면 나무를 심은 후 지탱해둔 줄에 걸려 넘어질 뻔했다. 간신히 몸의 중심을 잡은 선생이 울컥 뱉었다.

"무슨 가설극장처럼 어수선하구만."

문화정책 과장이 선생을 무대 쪽으로 모시고 가는 동안 나는 자리에 앉으려고 주위를 두리번거렸지만 간이 무대 쪽에만 조명등이 밝을 뿐 객석은 눈앞만 간신히 보일 정도로 어두웠다. 무대 앞쪽에 놓인 100여 개 정도의 의자는 이미 사람들이 모두 차지했고 뒤늦게 온 사람들은 주최 측에서 나눠주는 방석을 들고 적당한 곳을 찾아 두리번거렸다. 안내를 맡은 사내가 나눠주는 방석을 하나 들고 어정거리던 나는 주차장과 무대가 있는 공터 사이 조금 높은 돌담 위에 걸터앉았다. 나는 자리를 잡고 앉으면서 밤하늘을 쳐다보았다. 여전히 희미한 별이 몇 개 돋아있을 뿐 열나흘 달은 흔적도 보이지 않았다. 분위기를 북돋우려는 사회자의 농담에 와르르 쏟아지는 웃음 사이로 가끔 자동차의 경적이 들리고 누군가를 찾아 이름을 부르는 거친 목소리도 들려왔다. 잠시 후 예정된 문학 강연을 위해서 멀리 서울에서 오신 소설가를 소개한다는 사회자의 말에 간헐적인 박수 소리가 뒤따랐다. 사회자가 약력을 소개하는 동안 무대 중앙에 우두커니 서 있는 선생은 밤하늘에서 시선을 거두지 않았다. 이윽고 마이크를 넘겨받은 선생이 천천히 입을 열었다.

"여러분. 나는 오늘 서울에서 부산의 열나흘 달을 보기 위해 달려왔습니다."

선생의 말에 관객들은 시키지도 않았는데 약속이나 한 듯이 고개를 들어 밤하늘로 시선을 모았다. 그때 한껏 높아진 선생의 목소리가 이어졌다.

"그러나 애석하게도 지금은 달이 보이지 않습니다."

그 말에 사람들의 시선이 아래로 내려오는 순간 선생이 쐐기를 박듯이 내리쳤다.

"그러나 여러분 안심하십시오. 오늘 밤 여러분들은 반드시 저와 함께 달을 볼 수 있습니다. 왜냐하면 제가 억수로 재수가 좋은 사람이기 때문입니다."

그 말에 여기저기서 웃음이 와르르 터지자 선생의 목소리는 바람을 탄 풍선처럼 점점 높아지기 시작했다. 인민군으로 징집된 6·25 전쟁에서 용케 살아남아 집으로 돌아간 체험을 실감 나게 표현하며 자신이 억수로 재수가 좋은 사람이라는 것을 증명한 선생은, 실향민으로 부산에 홀로 떨어져 살면서도 소설을 쓰던 시간을 특유의 놀라운 기억력과 입담으로 물 흐르듯이 쏟아냈다. 그동안 선생의 강연을 몇 번이나 들었지만 부산이라는 영향 때문인지 나는 꽤나 골똘하게 귀를 기울이면서도 걱정스러운 얼굴로 슬쩍슬쩍 하늘을 쳐다보았다. 강연이 종반으로 치달으면서 선생은 어느덧 고향 원산의 별과 달과 산을 이야기하고 있었다. 비감한 선생의 목소리가 높아질수록 밤하늘에서는 빠른 속도로 별무더기가 여기저기 돋아 오르고 서북쪽에서 달무리 같은 뿌연 형체가 서서히 윤곽을 드러냈다. 뿌옇던 달 표면이 빛을 내기 시작하더니 아직은 약하지만 불그스름한 광채를 발하면서 그 주위의 별들이 하나둘씩 마치 불을 켜듯이 반짝이며 밤하늘 덮어가고 있었다. 넋이 나간 사람처럼 그 광경을 지켜보고 있던 나는 그때 얼핏 선생의 얼굴이 변하는 것을 보았다. 밤하늘에서 쏟아져 내리는 검푸른 별빛에 잠긴 선생의 몸에서 정체 모를 빛이 흘러넘치면서 사물이 스스로 선생에게 멀어지더니 선생의 얼굴이 점점 열아홉 앳된 소년의 모습으로 바뀌었다. 타향에서 처음으로 열나흘 달을 만나는 열아홉 살 소년의 얼굴이었다. 고향

집 마당이나 우물 옆에서 보던 낯익은 달을 타향에서 본 열아홉 소년은 지금 자신에게 일어난 일이 무슨 영문인지 몰라 어리둥절했지만, 친숙한 달의 모습에 어쩐지 안심이 되었다. 그래서 열아홉 소년은 달님에게 하루빨리 아버지와 어머니가 있는 고향으로 돌아가는 귀향을 빌고 또 빌었다.

그때 선생이 서 있는 뒤편의 밤하늘에서 무섭게 돋아나 반짝이던 별무더기가 갑자기 빛을 잃는가 싶더니 황금빛을 뚝, 뚝, 뚝, 흘리며 열나흘 둥그런 달이 불쑥 솟구쳤다. 순식간에 생겨난 달을 발견한 사람들은 환호성을 지르며 저마다 손가락으로 달을 가리키며 흥분했지만, 선생은 더 이상 말을 잊지 못했고 강연은 그쯤에서 자연스럽게 끝났다. 사회자가 오늘의 행사가 모두 끝났다는 말을 하는데도 선생은 열나흘 달에 취해 아무것도 듣지 못하고 오직 달만 쳐다보았다.

나는 객석의 사람들이 모두 빠져나간 뒤에도 좀처럼 자리에서 떠나지 못하는 선생에게 다가가 조용히 속삭였다.

"선생님. 이제 끝났습니다."

고개를 거두는 선생의 얼굴은 온통 달빛에 젖어 번들거렸다. 그때 나는 선생의 얼굴 깊숙하게 배어있는 탈향자의 쓸쓸한 외로움을 보았다. 그런데 그 순간, 거짓말처럼 열나흘 달이 사라지고 별빛마저 급속하게 희미해지면서 금방 비구름이 몰려오는 것처럼 어두워지고 바람이 불었다.

예약한 한정식 식당에서 선생은 별말씀도 없이 저녁을 먹으면서 소주 두어 잔을 반주로 마시고는 피곤하다며 숙소로 가는 택시를 불러 달라고 했다. 택시를 타고 선생이 미리 예약해둔 동래 온천장으로 가는데 차창에 빗방울이 긋는가 싶더니 금방 사라졌다. 숙소 앞에 내린 선생은 생맥주나 가볍게 한잔씩 하자면서 앞장섰다. 오후 10시가 채 안 된 시간이어서 그런지 온천장 앞은 간판에서 내뿜는 불빛으로 사납게 번들거렸다. 단골집처럼 익숙하게 문을 밀고 들어간 호프집의 반색하는 주인 여자에게 선생은 특유의 푸근한 웃음으로 화답했다.

"선생님께서 오늘 기적을 불러왔습니다."

가벼운 내 말에 선생이 약간은 무겁게 대꾸했다.

"염원이지요. 이 땅이나 저 땅 어디서 내 염원을 들어줄 사람이 있습니까? 내가 이 땅에 태어나 본 것 중에 지금까지도 바뀌지 않은 것은 오직 달님 모습뿐입니다. 그러니 내 염원을 알고 들어준 것이죠."

나는 선생의 말을 들으며 목이 말라 생맥주잔을 거푸 비웠다. 북한산에서 선생과 우연히 만나 생맥주를 마시던 그 시간을 떠올리면서 잔을 비웠지만 선생은 어쩐지 차분한 모습이었다. 북한산의 그날처럼 점점 취해서 나는 선생에게 정대우 씨의 이야기를 한 것도 같았다.

눈을 뜨니 숙소의 침대 위였다. 선생은 벌써 일어나 새벽 산책을 나가고 없었다. 나는 그 빈자리가 이상하게 낯설었다. 이른 새벽 숙소에서 나온 선생과 나는 해장국집에 마주 앉아 복 해장국을 한 그릇씩 비우는 동안 도통 말이 없었다. 해장국집에서 나온 선생이 도로가에 서서 나를 물끄러미 바라보았다. 마치 이쯤에서 헤어지자는 모습 같았다.

"선생님. 전 부산에서 일을 좀 보고 올라가겠습니다."

선생이 기다렸다는 듯이 대답했다.

"그래요. 강 기자도 새로운 일 시작하면 더 바쁘겠지요? 동행해줘서 고마워요."

"선생님. 조심해서 올라가십시오."

택시를 탄 선생은 나를 향해 천천히 손을 흔들면서 떠나갔다. 눈앞에서 선생이 탄 택시가 사라지는 것을 바라보며 네거리 방향으로 걸음을 옮기던 나는 가방에 든 원고의 무게 때문에 잠시 휘청거렸다.

팔월, 대보름달의 한 귀퉁이가 떨어져 나갈 즈음 나는 선생의 부음 소식을 들었다.

존엄 / 소년

존엄

　내가 이 병원에 도착한 것은 새벽 세 시가 넘어서이다. 의식이 없는데도 응급실로 바로 들어가지 못하고 입구에서 기다린다. 보호자를 찾는 간호사의 짜증스러운 목소리가 두어 번 들리다가 끊어진 응급실 앞 복도는 불빛이 환할 뿐 조용하다. 나는 내가 번번이 응접실 문턱을 넘어서지 못하는 이유를 알고 있다. 내게는 병원에 들어갈 수 있도록 나를 식별할 수 있는 것이 없다. 주민등록증이나 운전면허증, 건강보험증, 그 어느 것도 가지고 있지 않다. 호주머니에는 하루 세끼 사먹을 현금만 들어 있을 뿐, 내가 누구인지 식별 해주는 게 아무것도 없다.

나는 내가 어떻게 태어났는지 모른 채 지금껏 살았고 궁금하지도 않았다. 항구의 뱃사람과 작부, 그 둘의 하룻밤 연정으로 만들어졌는지 어땠는지 모르지만 나는 고아다. 내게 이름이라는 것을 붙여준 사람은 새벽부터 밤늦게까지 항구를 돌아다니며 쉬지 않고 무엇인가를 중얼거리던 눈빛이 슬픈 여자이다. 항구 사람들은 실성한 여자라고 손가락질했지만, 그녀는 젖이 나오지 않는 딱딱한 젖꼭지를 내 입에 넣어주었다. 언제부터인지 여자가 내 이름을 부르기 시작했는데, 그것은 여자가 입버릇처럼 달고 다니던 남자 이름이었다. 그 후로 항구 사람들은 나를 그렇게 불렀다. 내게 이름을 붙여준 여자는 항구 재건사업이 시작되어 퇴락한 건물을 부수면서 어디론가 사라졌다. 나도 그때 선박 수리장 옆 창고의 골방으로 거처를 옮겼다. 시멘트로 지은 네모난 건물 가운데에 철문 출입문이 달린 그 창고는 선박 수리장의 공구들을 보관하는 곳이었는데 그곳을 지키면서 밤이슬을 피할 수 있었다. 그 허름한 창고에 살면서부터 나는 항구에서 손수레를 끌기 시작했다. 배에서, 선착장에서, 건조장에서, 횟집에서 누구든지 부르면 숨을 헐떡이며 달려가 손수레로 생선을 옮기고 그들이 건네는 비린 돈을 받아 배를 채우고 옷을 사 입었다. 항구 사람들은 제 몸보다 큰 손수레를 끌고 다니는 내가 측은해 보였는지 학교에 가서 배워 성공하라고 했지만, 학교에 갈 수 있게 나를 식별해 주는 게 세상에 존재하지 않아 학교 근처에도 가지 못했다. 내 몸이 커지면서 손수레에 싣고 다니는 생선의 양이 점점 많아졌고, 사람들이 손에 쥐여주는 품삯도 조금씩 늘어나 굶지 않고 남 보기 부끄러운 차림을 면할 정도는 되었다. 나는 지금까지도 주민등록증은 물론이고 내 이름으로 된 은행 통장 하나 없이 살고 있다.

나는 오랫동안 이렇게 살아왔지만 불편하지 않았다. 늘 혼자 몸이라 외로움을 몰랐고, 기쁨의 전율과 고통의 떨림에 덤덤하면서, 항구 사람들 속에서 혼자 살고 있는 내 스스로가 좋았다. 내 몸에 달린 두 다리와 손수레에 달린 두 바퀴를 의지해 달리는 세상은 정직했다. 항상 무엇을 과시하지 못해 안달이 난 항구 사람들 사이에서, 다리와 바퀴에 의지하는 나의 무지는 고맙게도 내게 필요한 양식과 입을 것을 베풀어 주었다. 새벽별 보며 손수레를 끌고 나갔다가 저녁별 보며 돌아오면 그때부터 나는 별을 헤아리곤 하는데, 그것이 내가 누리는 유일한 유희였다. 새벽에 손수레를 끌고 나가며 머리 위에 파랗게 빛나는 별을 헤고, 밤에는 노랗게 반짝이는 별을 헤아리다 잠들곤 했다. 폭풍주의보가 발효되어 항구에 선박들이 꽉 꽉 들어찬 날에는 하루 종일 선착장을 때리는 파도 소리를 헤아리며 잠들었다. 그렇게 살면서도 따분하거나 권태를 느끼지 않았다. 항구를 떠나 어디론가 가고 싶은 생각을 해본 적이 없었다. 욕심을 부리지 않는 것이 지혜라는 걸 몸을 통해 알았다. 그래서 내 몸에 충실한 하루하루를 살면서, 아침이면 떠오르는 태양이 항구의 사물을 빠짐없이 비춘다는 사실을 믿었다.

나는 내가 살고 있는 동해안 7번국도, 그 조그마한 항구에 이렇게 많은 자동차와 다양한 사람들이 드나들 줄을 미처 몰랐다. 영화 촬영을 한 후부터 자동차가 뻔질나게 브레이크를 밟았고, 까만 선글라스를 낀 사람들의 발길이 잦아지면서 크고 작은 사고가 끊이지 않았다.

저녁을 먹은 후 답답한 체기를 느낀 나는 도로변에 있는 약국에서 활명수 한 병을 사들고 나왔다. 고개를 쳐들고 활명수를 마시는 내 눈에 밤하늘에 박힌 흐릿한 별빛이 느닷없이 매혹적으로 다가왔다. 그때 내가 느낀 매혹의 정체는 내가 눈으로 별을 바라보는 것이 바로 기적이라는 깨달음이었다. 그 깨달음의 매혹에 꼼짝없이 사로잡혀 하나둘 별을 헤아리는데 자동차 전조등 불빛이 파편처럼 얼굴을 아프게 찌르더니 내 몸을 허공으로 들어 올렸다. 그런데도 자동차는 속도를 줄이기는커녕 더욱 빠르게 어둠 속으로 사라지고, 나는 도로 위에 떨어져 나뒹굴었다. 약국 문을 닫으려다 나를 발견한 약사 덕분에 구급차에 실려 왔지만, 다섯 시간이 지나도록 두 군데 병원의 응급실에도 들어가지 못하고 이곳으로 온 것이다.

이미 너무 많은 시간이 흐른 탓에 호흡, 소화, 심장박동을 조절하는 내 뇌간의 움직임이 점점 느려져 금방이라도 멈출 것 같다. 얼마를 더 기다려야 하는지 초조해하던 나는 뜻밖의 상황에 어리둥절하다. 어디선가 불쑥 나타난 서너 명의 의사 들이 나를 둘러싸더니 곧바로 응급실 안으로 끌고 간다. 너무 쉽게 들어가는 바람에 나는 태어나 처음으로 무슨 특혜라도 받은 것 같아 하마터면 우쭐할 뻔했다. 하지만 내 눈을 까뒤 집고 청진기로 가슴 이곳저곳을 집적거리는 의사들의 태도가 짐짓 이상하다.

"몇 살이지?"

"몰라. 나이를 식별할 수 있는 게 아무것도 없다는군."

"몸 상태는 어때?"

"보기보다는 훨씬 좋아."

"그럼 됐어. 무연고자 틀림없지."

"그렇다니까. 그러니 여기까지 왔지."

"사망선고부터 해야겠군."

흰 가운을 입은 의사들은 뇌사상태로 빠져드는 나를 살리기는커녕 무연고 시체로 만들어 수술실로 옮긴다. 무연고는 맞지만 아직 시체가 아닌 나는 날카로운 불빛이 집중적으로 몸을 찌르는 수술실에서 생선 배 가르듯이 배가 갈라지고 심장, 간, 신장, 췌장, 폐, 소장이 적출당한다. 각막도 적출당한다. 피부, 뼈. 연골, 인대까지도 적출당한다.

그 모습을 지켜보면서도 나는 슬프지 않다. 다만 이렇게 몸이 조각조각 해체되면 내 몸이 간직하는 항구에의 기억이 없어지겠지 하는 아쉬움은 있다. 그것은 내가 이 세상에 살았다는 유일한 흔적이자, 나를 알 수 있는 몸의 기억이기 때문이다.

소년

내가 그 소년을 본 것은 매일 저녁 무렵이면 지나다니는 신문사 앞의 대형 전광판에서였다. 얼굴이 널리 알려진 유명 정치인 앞에 엎드려 고개를 들고 있는 사내의 얼굴에서 나는 그 소년의 얼굴을 보았다. 순간, 그 위로 내 얼굴이 자연스럽게 겹쳐지는 것이었다.

어린이날을 하루 앞둔 봄날, 나는 학교에서 집으로 돌아가는 길이었다. 개천 따라 이어지는 동네 길 끝, 우리 가족이 세

들어 사는 집 파란 대문이 저만큼 보이는데 어디선가 불쑥 나타난 경찰이 내 가방을 뒤지기 시작했다. 내가 겁에 질려 울먹거리는 사이 가방에서 빵을 꺼낸 경찰이 치뜬 눈으로 다그쳤다.

"이 빵 어디서 훔쳤어?"

나는 그 빵은 훔친 게 아니라 학교에서 못사는 아이들에게 나누어 준 빵이라는 말을 해야 했지만 두려움에 그 말은 입속에서 형체도 없이 녹아버리고 무서움이 만들어낸 울음만 쏟아내고 있었다. 경찰은 그런 내 목덜미를 숨이 막히도록 틀어쥐고 경찰서로 끌고 갔다. 나는 그 자리에서 슈퍼에서 빵을 훔친 부랑아라는 죄명으로 '즉석재판'을 받고 그곳으로 보내졌다. 내 또래 아이들 서너 명과 함께 그곳 입구에 들어서자마자 실신할 정도로 두들겨 맞았고, 찬밥 한 덩어리 던져준 것을 겨우겨우 삼키며 밤을 지냈다. 이튿날부터 새벽 6시면 일어나 점호를 마치고 일을 나갔는데 걸핏하면 욕설에 발길질이었다. 일주일 후쯤 뜻밖에도 누나가 잡혀 왔다. 나를 찾아 길거리를 헤매고 다니던 누나는 승합차에서 내려 다짜고짜 주민등록증을 요구하는 사람들에게 둘러싸였다. 중학생이라고 울부짖었지만 그들은 누나를 강제로 승합차에 태운 뒤에 '즉석재판'으로 그곳에의 입소 결정을 내렸다. 착한

누나는 그곳이 얼마나 무서운 곳인지도 모르고 나를 만난 반
가움에 활짝 웃다가 얼굴이 휙 돌아가도록 뺨을 맞았다. 누나
는 벌겋게 부어오른 뺨을 하고도 나를 안심시키려고 자꾸 웃
었다. 딸과 아들을 잃은 황망하고 답답한 마음을 술로 달래던
아버지는 공원에서 낮술에 취해 잠들었다가 부랑아로 몰려
역시 즉석재판을 받고 그곳으로 잡혀 왔다.

　우리는 그곳에서 4년 동안 온갖 착취와 폭행을 당하다가
내쫓겼지만 갈 곳이 없었다. 그곳에서 성폭행을 당해 몇 번이
나 낙태를 한 누나와 심한 구타에 허리를 다쳐 불구가 된 아
버지는 정신병원을 떠돌다가 죽었다. 다섯 살에 뺑소니 교통
사고로 어머니를 떠나보내고, 열일곱 살에 아버지와 누나마
저 잃고 고아가 된 나는 중국집, 신발공장, 미싱공장을 떠돌
았다. 한때, 그런 내 인생을 가볍게 여기는 측은지심을 지닌
여자를 만났지만 그녀의 부모는 내가 고아에 부랑자였다는
이유로 만나지 못하게 했고, 그녀는 스스로 목숨을 끊었다.
살아야 할 희망을 거세당한 나는 원양어선을 타며 시간을 견
디다 이 땅을 떠나고 싶어 밀항을 시도했지만 그마저도 실패
한 후부터는 만들어진 부랑자가 아니라 진짜 부랑자가 되었
다.

　전광판 화면 속의 사내는 86아시안게임과 88올림픽을 앞

두고 갑자기 쏟아져 들어온 원생들 가운데 가장 어린 아홉 살 소년이었다. 사실 나는 그를 몇 번이나 보았다. 처음 본 것은 내가 국회의사당 지하철 역사에 거처를 두고 있을 때였다. 뙤약볕이 내리쬐는 국회 정문 앞에서 1인시위를 하는 사내를 보자마자 그 소년이라는 것을 알았다. 나는 그곳에 입소하던 열한 살에 의식이 머무른 채 그대로였다. 그 덕분에 누나와 아버지가 갔던 정신병원을 피했는지도 모른다.

'짐승에서 사람으로'라는 글이 적힌 팻말을 든 소년은 계절이 몇 번 바뀌어도 자리를 떠나지 않았다. 나는 새벽 지하철 화장실이나 맞은편 건물 화장실에서 세수를 하다가 소년과 마주치기도 했다. 소년은 비닐로 사방의 바람을 막고 바닥에 매트 한 장과 이불 한 장으로 버티면서 농성 중이었다. 나는 오랫동안 세상을 떠돌면서 강제로 부랑자가 되어 그곳에 던져졌던 많은 소년을 만났다. 어른의 몸이지만 여전히 공포에 질린 소년의 눈을 가진 그들은 나처럼 진짜 부랑자가 되어 여기저기 나뒹굴며 입에서 술 냄새와 마약 냄새를 풍겼고 말은 짧고 거칠었다. 하지만 그 소년은 달랐다.

내가 국회의사당 지하철역에서 광화문역사 지하도로 잠자리를 옮긴 것은 그 소년이 국회의사당역 출구 지붕으로 올라가 고공 단식농성을 시작하던 날이었다. 천막과 침낭만 들고 사다리를 한칸 한칸 밟고 올라가는 소년 등에 박힌 '짐승에서 사람으로'라는 선명한 노란색 글을 보며 나는 짐을 꾸려 그곳을 떠나왔다. 소년을 계속 지켜볼 용기가 없었다.

유명 정치인 앞에 엎드린 소년의 사진 밑으로 '마침내 과거사법 국회 본회의 통과'라는 큼지막한 글씨가 흘러가고 그 뒤를 '38년 만에 찾은 어린이날'이라는 글씨가 매달리듯이 지나갔다. 전광판의 화면이 뉴스에 따라 바뀌는 그 앞에서 나는 '38년 만에 찾은 어린이날'이라는 글을 50번은 읽었다. 어느새 주변이 깜깜해지면서 어둠 속에서 글씨가 더욱 또렷하게 도드라지고 있었지만, 지나는 행인 누구도 눈길을 주지 않고 무심히 지나갔다.

나는 조밀하게 몰려온 어둠에 봄밤의 한기를 느끼고서야 전광판 앞에서 걸음을 옮겼다. 그때야 주위를 둘러보고 밥차에서 저녁을 얻어먹는 시간이 끝났다는 것을 알았고, 저녁을 굶어야 한다는 현실에 약간 화가 났다. 나는 아버지가 정신병원에서 노랫가락처럼 중얼거리던 말을 욕처럼 툭 걷어차며 걸었다.

"빌어먹을~ 내무부 훈령 410호오~."

나는 아버지가 죽은 후에야 그가 숨처럼 입에 달고 있던 내무부 훈령 410호가 무엇인지 궁금해 찾아보았다. '행정규

칙 내무부 훈령 410호는 1975년 박정희 정권이 만든 부랑인에 관한 업무지침으로, 당시 경찰이 영장도 없이 죄 없는 시민을 부랑자로 판단해 감금하는 즉결처분이 가능하게 했던 법' 애초에 그 법을 만든 것은 정치인들이었고, 지금 그 법의 피해자를 조사하는 '과거사법'을 만든 것도 정치인들이었다. 그들은 모두 방관자였다.

"빌어먹을~ 내무부 훈령 410호오~"

아버지처럼 이죽거리며 광화문역사 지하도로 걸어가던 나는 38년 만에 어린이날을 되찾은 소년을 자꾸 돌아보았다.

끝나지 않은 애도
―김성달 소설집 『이사 간다』

장두영(문학평론가)

1. 결코 쉽지 않은 소설

김성달 작가의 이번 소설집에 수록된 여러 작품은 쉽게 잘 읽힌다. 표제작 「이사 간다」를 보자. 이 소설은 어느 여자가 국수를 끓이다가 장맛비 쏟아지는 마당을 보는 평이한 내용으로 시작한다. 지루하게 쏟아지는 장맛비를 멍하니 바라본 적이 있는 사람이라면 비 내리는 마당의 이미지가 머릿속에 떠오르게 마련이다. 가끔 국수를 끓여보는 사람이라면 물이 팔팔 끓어오를 때 찬물을 약간 부어 넣는 여자의 행동을 대강 짐작한다. 쉬운 단어, 익숙한 소재들이 편안하게 나열되는 소설의 서두이다.

넘비에 물이 몇 차례 끓어오르는 동안에도 여자는 국수

면을 집어넣지 못하고 뜨거운 물이 넘치면 자꾸 찬물을 붓는다. 찬물에 맥없이 주저앉은 냄비 속을 물끄러미 내려다보고 서 있던 여자가 천천히 문밖으로 시선을 돌린다. 밤낮없이 퍼붓는 빗방울로 마당은 온통 물이다. 마당보다 낮은 문턱 위를 넘어 들어오는 빗물로 부엌 바다에 물이 흥건하다. 여자는 발가락 사이로 파고드는 물의 감촉이 서늘하다. 예약한 이삿짐 트럭은 오지 않고 장맛비는 쉼 없이 쏟아진다. 기상청 예보와 달리 하늘은 빗줄기에서 좀처럼 벗어나지 못하고, 이삿짐 트럭은 비를 핑계로 나타나지 않는다. 조바심이 난 여자는 '어서, 이사 가야 하는데…'라는 문자만 쓰다가 지우기를 반복하면서 빗속을 견디고 있다.(「이사 간다」)

그런데 이 대목은 작가가 여러 차례 고심하면서 거듭하여 고쳤음이 분명하다. 조금 자세히 들여다보면 단어와 문장이 매우 매끈하게 다듬어져 있음을 발견하게 된다. 한 편의 시를 산문적으로 풀어놓은 듯한 느낌, 그래서 독자 앞에 선명한 이미지를 던져놓는다. 그 결과 시각, 청각, 촉각이 한 폭의 고즈넉한 풍경화를 그려낸다. 다만 겉으로 아주 무심한 듯 배치해놓았기에 표면적으로는 그저 소박하고 담백하게 느껴지지만, 실제로는 상당한 공을 들인 의식적인 언어 조탁의 산물이다.

더 나아가 이 대목은 서사적인 측면에서 치밀한 계산과 설계의 소산임이 분명하다. 본격적으로 서사가 진행되면서 서서히 밝혀지는 사태의 진상, 그리고 그로 인해 뜨겁게 솟구치는 감정이 소설의 첫 대목에서 이미 대부분 암시되어 있기 때문이다. 여자가 왜 국수를 끓이고 있는지, 또 왜 국수 면을 집어넣지 못한 채 끊임없이 망설이고 있는지, 왜 이삿짐 트럭이 나오고, '이사 가야 하는데'라는 문자메시지를 쓰다가 지우기를 반복하는지 말이다. 여자와 아들의 사연이 만들어내는 작지만 거대한 감정의 소용돌이를 위한 책략에 가깝다는 사실을 소설을 다 읽고 나서야 뒤늦게 깨닫게 된다.

여자는 남편의 사망 이후 실어증에 걸렸기 때문에 전화 통화보다는 문자메시지를 사용한다는 것, 문자메시지의 유일한 수신인이 바로 지금까지 집에 돌아오지 않는 아들이라는 것, 기다리는 아들이 사실은 세월호에 탑승했기 때문에 못 돌아오고 있다는 것, 생전에 아들이 좋아하던 음식이 국수였다는 것, 아들이 돌아오기를 기다리며 여자는 식사도 제대로 챙겨 먹지 못하다가 지금 겨우 국수를 끓이고 있다는 것, 임대 아파트로 이사 간다면서 기대에 부풀었다가 그 꿈이 산산이 부서졌다는 것, 그래서 지금 이사 간다는 것이 아들이 있는 진도 맹골수도로 간다는 것이 사실상 「이사 간다」의 첫 대목에서 모두 함축되어 있다.

김성달 작가의 소설집 『이사 간다』에 수록된 여러 작품은 결코 쉽게 읽히지 않는다. 주제나 소재가 난해해서가 아니다. 문장과 문체가 난삽해서가 아니다. 작품들은 하나같이 우리가 주변에서 흔히 접할 수 있는 주제와 소재를 가져와 단순·담백한 문장과 문체를 활용하여 간명한 내용을 전달한다. 그러나 쉽게 읽히지 않는다. 소설 속에 펼쳐지는 세월호 침몰 사고, 구의역 스크린도어 사망 사고, 공장 실습생의 사망 사고, 정화조 작업자 질식 사고, 그리고 현실의 사회·경제적 격랑에 휩쓸려 떠내려가는 여러 사건·사고들은 독자의 마음속에 스며들어 마음의 평정을 깨트린다. 이미 알고 있다, 이제는 익숙하다고 생각했던 소재는 다시금 우리에게 심적 동요를 일으키고, 그로 인한 마음의 파장은 우리의 생각을 오랫동안 붙잡아둔다. 이번 소설집에 수록된 소설 대부분은 우리가 무엇을 잊지 말아야 하는지 경계하고, 그래서 앞으로 어떤 길을 걸어가야 하는지 생각하기를 종용하는 '죽비'에 다름없다.

2. 남편 또는 아버지의 부재

한편 치밀하게 계산되고 설계된 서사 구조 속에서 인물의 사소한 행동 하나하나가 그 인물의 인생사 전체와 결합한다.

그리고 인물들의 인생을 한참 거슬러 올라가면 대개 남편이나 아버지가 부재하는 상황에 도달하게 된다. 한 가족에서 성인 남성인 가장이 부재하고, 남은 여성과 아이가 결핍 속에서 살아가는 상황이다. 남편의 투병과 자살이 나오는 「이사 간다」가 그러한 상황을 바로 보여준다. 부당하게 해고당한 남편은 복직 투쟁을 계속했고, 그로 인해 몸이 만신창이가 되어 결국 아내와 아들을 남긴 채 가족의 테두리를 벗어난다.

남편 혹은 아버지의 부재는 다른 작품에서도 반복적으로 확인된다. 「돌아보지 마라」에서 동우 할머니 영순 씨는 어려서는 아버지를 잃었고, 커서는 사랑하는 남자가 떠나가서 혼자 아이를 키웠다. 「누구나 다 안다」의 여자도 처한 상황은 비슷한데 20년 전 외환위기 때 사업에 실패한 남편이 자살을 택하여 홀로 남았다. 「눈길을 걷는다」에서도 연수와 연수의 어머니는 남편 혹은 아버지 없이 오랫동안 살았고, 노조 투쟁의 선봉에 선 연수의 남편은 지금 구치소에 수감되어 있다. 어머니와 딸 둘 다 남편이 부재한 상황이다. 「아무도 모른다」의 경우처럼 설령 아버지가 있다손 치더라도 폐암 5년차 투병 중이라 부재한 것이나 다를 바 없다.

남아 있는 가족들에게는 사회·경제적 지위의 급격한 저하가 뒤따른다. "1997년 외환위기 전까지만 해도 중산층의 평

범한 주부"였던 「누구나 다 안다」의 여자는 그 이후 지하철
역 가판대에서 물건을 팔면서 근근이 생활을 이어왔다. 「눈
길을 걷는다」의 연수 어머니 역시 남편의 실종 이후 어린 딸
하나만 바라보면서 30년을 버텨왔다. 아버지의 자살 이후 롤
러코스터 같은 인생을 살게 된 「돌아보지 마라」의 영순 씨는
"서울의 무허가촌을 전전하며 살아온 다른 사람들과 대동소
이"한 삶을 살았다. 영순 씨는 모든 불행이 시작된 1966년을
떠올리는데 "떠올리기 싫은 그때가 자꾸 꿈으로 나타나 여간
괴로운 게 아니었다. 잊지 못하는 것은 지옥이었다."라고 서
술된다. 「이사 간다」에서도 사정은 마찬가지, 여자는 경락
마사지로 생계를 꾸리며, 아이가 다니고 싶어 하는 학원도 못
보내고 힘겹게 살았다. 이제 겨우 돈을 모아 임대 아파트에
이사 가서 작은 행복을 누리기를 기대하던 찰나다.

　유일하게 남은 혈육인 딸이 결혼을 하자 떠밀 듯이 억지
로 이민을 내보낸 여자는 두 평 남짓한 지하철 가판대에 몸
을 욱여넣었다. 남편이 뛰어든 열차 선로가 빤히 보이는 가
판대에 누에고치처럼 자리를 잡은 여자는 아침이면 어김없
이 선로를 만났다. 선로는 매일매일 여자를 미쳐버리게 할
만큼 기분 나쁘면서도, 마치 사형수의 목을 옥죄는 밧줄처럼
서서히 몸을 죄어왔다. 여자는 혼자서 저항하고 반항하지만

공허하기만 한 아침들을 보내면서 두려웠지만 결코 그곳을
떠나지 않았다. 상처투성이의 시간을 견디며 여자는 점점
자신의 상처 속으로 침잠했다.(「누구나 다 안다」)

「누구나 다 안다」에 나오는 지하철 가판대는 여러 가지 의
미 맥락을 함축한 독특한 소재다. 그 좁은 공간에서 여자는
유폐의 시간을 보냈다. 그곳에서는 남편이 뛰어든 열차 선로
가 빤히 보이기에 여자는 매일매일 남편의 죽음을 상기했으
리라. 남편의 죽음을 거듭해서 상기시키는 그곳에서 겪어야
만 하는 심적 고통은 '사형수의 목을 옥죄는 밧줄처럼 서서히
몸을 죄어'오는 느낌으로 표현되고 있다. 남편의 부재는 여자
에게 물질적 차원의 고통뿐만 아니라 정신적인 차원의 고통
으로 다가왔던 것이다.

　마찬가지로 남편이나 아버지의 부재로 인한 '결여'는 곧잘
정신적인 고통으로 여러 인물을 옥죄어오고 그것은 정신병리
학적 증상으로 표현된다는 점도 흥미롭다. 「누구나 다 안다」
에서 지하철 역사 안을 지나가는 모든 사람의 소리가 다 들리
는 과도한 청각 능력이란 사실상 격심한 스트레스로 인한 환
청에 가깝다. 「이사 간다」에서 여자는 외상 후 스트레스 장
애의 일종인 실어증을 겪는다. 「눈길을 걷는다」의 연수가 겪
는 손과 발이 사라지는 듯한 환각, 또 넓게는 "아버지 집에 왔

드나?"를 반복하는 연수 어머니의 치매 증상 등은 모두 남편이나 아버지의 부재가 정신적 측면에서 심각한 트라우마로 작용하고 있음을 보여준다.

무엇보다 이러한 남편과 아버지의 부재는 개인사적 차원에 국한하지 않고 우리 사회의 근원적인 모순과 연결된다는 점에 유의해야 한다. 소설 속 인물들은 1997년 외환위기 같은 사회 전체에 밀어닥친 거대한 충격 때문에 상처를 입고, 노조 투쟁처럼 부당하고 불합리한 현실에 저항하다가 쓰러진다. 단순히 한 개인의 불행이 아니라 정직하게 살아가려고 애쓰는 인간이 부당하게 당하는 고통이라는 점에서 보편성을 담은 비극적 상황이다. 이에 남아 있는 가족들이 감당해야 하는 고통 또한 오늘날 우리 사회의 어두운 그림자에 관한 문학적 형상화다. 그리고 이러한 그림자는 여전히 현재진행형이며 해결은 요원하기만 하기에 독자들의 마음을 더욱 무겁게 하는 요인으로 작용한다.

3. 몸의 문학

또 한 가지 이번 소설집에 수록된 여러 작품에서 공통적으로 발견되는 양상은 소외당한 자들의 고통이 그들의 몸을 통해 가시화된다는 것이다. 이때의 몸은 그야말로 만질 수 있는 살덩어리와 뼈 같은 물질적인 육체다. 이 점은 「이사 간다」의 여자가 '몸'을 만지는 경락 마사지사로 설정된 것을 보면 금방 확인된다. 여자는 뇌출혈로 쓰러진 남편의 고통을 조금이라고 경감시키기 위하여 경락 마사지를 배워 남편의 몸을 만졌고, 먹을 것 입을 것 제대로 챙겨주지 못한 미안함을 담아 아들의 몸을 만져 180㎝가 넘는 건강한 청년으로 키워냈고, 시간 있고 돈 있는 여자들의 몸을 만져주는 것으로 호구지책을 삼았다. 여자는 몸을 만짐으로써 남편의 부재를 감각하고, 아들에게 모든 희망을 걸었고, 고독과 슬픔의 시간을 견뎌냈다.

　남편을 비롯한 해고노동자들이 회사측에 대항하는 유일한 수단은 몸이었다. 하지만 숙련공의 몸은 기술이 필요한 현장이 아닌 곳에서 상황에 대응하고 견디기에는 너무 정직했다. 쉴 새 없이 뛰어다녔지만 몸만 상하고 제대로 된 성과가 없는 괴로운 시간이었다. 남편은 몸을 자동차 바퀴처럼 끊임없이 굴리고 다녔다. 남편과 그 동료들의 몸이 만들어낸 투쟁은 많이 배우고 소위 고매한 몸을 가진 사람들의 상식과는 맞지 않았다. 그들에게 남편과 동료들은 예측 불가 상대였고 종종 예상을 벗어나 그들을 당혹스럽게 만들었다. 만만하고 한없이 연약해 보이는 몸을 창끝처럼 벼려 저항하는 해고노동자들에게 그들은 보편적인 싸움의 규칙을 따르지 않았다고 화를 내며 온갖 법과 공권력을 동원해 무참히 짓밟았다. 하루아침에 몸이 작동을 멈춘 남편은 그들에게 대항할 수단을 잃었고 결국 스스로 목숨을 끊는 방법밖에 없었다.(「이사 간다」)

그들에게 몸이야말로 자신을 항변하는 유일한 수단이다. 법이라든가 규정, 계약 따위는 너무도 고매한 추상의 세계에 속한다. 그들에게는 만질 수 있는 몸이 유일하게 가진 것이다. 가진 것이 그것뿐이기에 몸으로 먹고살고, 먹고살 길이 막히면 몸으로 저항한다. 법, 규정, 계약을 무기로 하는 사측에는 온몸으로 육박하는 그들이야말로 낯선 혼동 자체일 수밖에 없다. 하지만 법, 규정, 계약 등 온갖 문서로 이루어진 근대 사회에서 결국 그들은 법과 공권력에 의해 짓밟히곤 한다. 그 점에서는 공장 노동자가 아니라 서울시청 공무원이었던 영순 씨의 아버지도 부당한 "대통령의 그 지시를 온몸으로 감당해야" 하는 상황이었다는 점에서 별반 다르지 않았다. 그렇게 짓밟힌 결과 그들은 가족의 곁을 떠나게 된다. 여러 소설 속에서 반복적으로 나타난 남편과 아버지의 부재란 결국 사회 구조적 차원에서의 온몸으로 부딪친 문제 제기의 결과이고, 독자들을 향해 몸으로 항변했던 그들의 목소리에

귀 기울이라는 요청인 셈이다.

남겨진 아내와 아들의 고통도 몸의 문제로 집중된다. 여자의 실어증이란 정신적이고 심리적인 차원에서의 고통과 상처가 몸 밖으로 표출된 결과다. 남편이 수감되자 손과 발이 사라지는 증상이 발현되었다는 「눈길을 걷는다」의 상황도 정신적 상처가 몸의 문제로 표현되는 대표적 사례에 해당하는데, 연수의 증상은 심리적 불안이 몸에 영향으로 미친 것이며, 손과 발이라는 몸의 일부가 상실되는 환상으로 표현된다.

몸을 통한 고통의 표현은 여러 소설이 다루는 사고에 관한 내용에서 가장 압도적으로 이루어진다. 「누구나 다 안다」에서는 스크린도어를 수리하다가 '몸'이 열차에 치이고, 대형마트 무빙워크 수리 중 "손잡이 작업을 하던 아이의 '몸'이 구멍 틈에 빠져버"리는데, 달려오는 지하철 열차에 몸을 던진 남편의 자살까지 포함하여 온몸이 부서지고, 뭉개지는 처참한 생생함으로 포착된다. 이러한 사정은 「아무도 모른다」에서도 동일한데, 유독 가스가 가득한 정화조 속에서 종학은 "방독면 없이 무방비 상태인 폐가 찢어지는 듯이 아팠다." 숨통을 조여오는 어둠의 질식 속에 빨려 들어간 종학이 겪었을 고통은 상상하기만 해도 가슴이 아린다.

오늘 오전 일을 시작할 때였다. 팔레트에 음료를 쌓고 있는데 맨 아래층 팔레트가 투입되면서 또 센서를 건드린 모양인지 자동기계 설비가 멈추었다. 동우는 늘 그랬듯이 고장 원인을 찾기 위해 기계 밑으로 들어갔다. 센스와 간지 투입 기계를 한참 살피는데 갑자기 멈추었던 기계가 돌아가기 시작하면서 순식간에 그 위에 몸이 끼어 비명조차 제대로 지르지 못하고 숨이 막혀왔다. 순간 할머니를 떠올렸는가 싶었는데 자신의 몸이 갑자기 허공으로 솟구치는 것을 느꼈고, 곧 피투성이 자신의 몸이 잠깐 보이는가 싶더니 할머니가 잠든 집에 와 있었다.(「돌아보지 마라」)

노조투쟁을 하던 남편은 온몸으로 거대한 자본과 불의한 권력에 저항하다가 만신창이가 되고, 아들은 육중한 열차나 몰인정한 기계에 끼어 온몸이 부서지고 정화조 속에 빨려들어가 숨이 막힌다. 아내이자 어머니인 여자들은 가판대에 온몸을 욱여넣거나 청소원 휴게실에서 에어컨 없이 찌는 더위에 간신히 몸을 눕힌다. 사위(연수의 남편)는 구치소에 몸이 갇혀 있고, 딸은 손과 발 등 몸의 일부가 사라지는 착각에 시달린다. 그리고 아이들은 세월호의 객실에 몸이 갇혀 바다 깊은 곳으로 가라앉았다. 소설 속에서 그들의 고통은 늘 몸과 연결되어 표현되는 것이다. 김성달 작가의 소설이 읽기 쉽지 않은, 아니 어느 순간 읽기가 힘겨워지는 이유는 바로 여기에 있다. 그것은 생생히 전해오는 몸의 공감각이다.

「부산에 갔다」에는 '몸의 문학'이라는 표현이 나온다. '나'
와 선생이 같이 부산으로 내려가면서 기차 안에서 나눈 대화
중 언급된 말이다. 출판사를 운영하겠다는 '나'의 말에 선생
은 무슨 출판을 하려느냐 묻고 이에 '나'는 "몸에 관한 출판을
생각 중입니다"라고 대답한다. 선생이 의아해하자 '나'는 이
렇게 대답한다. "우리가 매일매일 이별하는 몸의 일기 같은
이야기가 필요한 것 같아서요. 저는 선생님의 문학을 몸의 문
학으로 생각하는데, 그런 몸에 관한 사유 같은 것을 책으로
내볼까 싶습니다." 더 이상 선생이 묻지 않았고 두 사람의 대
화는 다른 화제로 넘어가서 몸의 문학이 무엇인지 구체적으
로 설명되지는 않았다. 다만 몸을 만지고, 온몸을 던져 항변
하는 「이사 간다」 같은 소설이 바로 그런 '몸의 문학'에 가깝
지 않을까 싶다.

4. 추모 혹은 애도

앞서 살폈던 여러 작품의 공통점은 주인공이 여성 인물이
라는 것이다. 이 점에서 남성 인물을 주인공으로 내세운 「얼
굴, 그리다」와 「부산에 갔다」는 외견상 뚜렷한 차이를 보인

다. 하지만 좀 더 자세히 들여다보면 여성을 내세운 다른 작품들과 이어지는 연결 고리를 발견할 수 있다. 바로 누군가를 죽음으로 떠나보냈다는 사실이다. 부재와 결핍의 상황은 여전히 지속되고 있다.

개심사 장미꽃 이야기로 시작된 「얼굴, 그리다」 역시 문장은 술술 잘 읽힌다. 그래서 소설을 읽고 있노라면 해미읍성도 가보고 싶고, 개심사 장독대의 장미꽃 사진도 찍어보고 싶고, 산신각에 들어가 그림이 진짜 있는지 확인해보고 싶은 충동을 느낀다. 소설 속 인물들과 함께 잠시 여행을 떠난 기분이다. 이 소설도 일단 표면적으로는 쉽게 잘 읽히는 편이다.

그러나 여기서도 작가의 치밀한 계산과 계획의 흔적이 엿보인다. 소설을 순차적으로 읽는 독자로서는, 가볍게 나들이를 떠난 초반 분위기였다가 어느새 사랑했던 여인의 죽음이 발견되고, 또 그녀를 향한 죄책감과 후회의 감정이 밀려온다. 그뿐인가? 그러한 감정은 단순히 떠나버린 옛사랑의 추억이 아니라 야학이라든가 강남 논술학원 등의 소재와 결합하여 세상의 불의에 맞선 연대와 투쟁, 그리고 동지와 신념에 대한 배신이라는 복잡한 문제를 덧씌우게 된다. 여성 인물을 내세운 여러 작품이 노동자의 입장에서 현실을 바라본 것이었다면, 「얼굴, 그리다」는 중간에 낀 지식인의 입장을 취하되, 세계를 바라보는 기본적인 방향과 태도는 다른 작품과 크게 다르지 않다. 이런 맥락에서는 1990년대 후일담 문학의 색채도 느껴진다. 물론 노무현 대통령에 대한 안타까움과 부채감도 발견되는바, 이 소설이 1990년대에 속한다는 뜻은 아니다.

작가의 계산과 계획은 결국 인물과 독자를 개심사 명부전에 도달하게 이끈다. 결과적으로 보아 그곳에 가게 된 것은 소설의 제목에도 드러나듯 그녀의 얼굴을 그리기 위해서다. 그곳에서 '나'는 지갑 속에 넣어두었던 그녀의 사진을 꺼내어 화가에게 그림을 그려달라고 부탁한다. 화가는 한 가지 조건을 내건다. "초상화를 그려줄 테니 명부전에 모시도록 하세요." "그곳에 모시고 봄에 장미 보러 오면서 한 번씩 얼굴을 보세요. 세상에서 가장 힘든 것이 가슴에 묻은 얼굴을 꺼내서 들고 다니는 것입니다. 그 무게를 어찌 감당하려고 하십니까?"

초상화를 절에 모시고 매년 봄에 찾아오라는 것은 절에 유골을 모시고 명복을 비는 불교적 장례 절차에 가깝다. '나'는 그녀의 행방을 찾아 7년을 헤맸다. 사랑하는 사람의 부재로 인해 긴 고통의 시간을 견뎌왔다는 점에서 남편의 부재로 고통 받은 여자들과 동격이다. 화가는 그들의 고통이 '세상에서 가장 힘든 것'이라 말하는 셈이다. 개심사 명부전에는 주지스님의 지시로 노무현 대통령을 추모하면서 그린 초상화가 있다. 화가도 자신이 사랑했던 여인을 애도하며 "봄이면 장미꽃으로 피어난 그녀의 얼굴을 그리면서 40년"의 시간을 지나왔다. 화가의 제안은 '나'에게 고통의 시간을 벗어나 이제 진정한 애도를 하라고 권유하는 것이다.

「부산에 갔다」도 여행의 형식과 추모의 주제가 결합된 소설이다. 소설 속에 등장하는 '선생'은 여러 정황을 고려할 때 2016년 9월 타계한 「탈향」과 「소시민」의 작가 이호철 선생을 모델로 한 듯한데, '나'가 선생과 부산까지 동행하는 내용을 다룬다. 북한산에서 선생을 만났던 일화, 기차를 타고 가면서 선생과 나눈 대화, 부산의 강연에서 들려주는 선생의 이야기 등 소설 내용의 대부분은 선생의 얼굴을 초상화 그리기에 가깝다. 구름을 벗어난 달빛이 선생의 얼굴에 내리는 순간을 묘사한 다음 구절은 선생을 추모하는 문학적 초상화다.

넋이 나간 사람처럼 그 광경을 지켜보고 있던 나는 그때 얼핏 선생의 얼굴이 변하는 것을 보았다. 밤하늘에서 쏟아져 내리는 검푸른 별빛에 잠긴 선생의 몸에서 정체모를 빛이 흘러넘치면서 사물이 스스로 선생에게서 멀어지더니 선생의 얼굴이 점점 열아홉 앳된 소년의 모습으로 바뀌었다. 타향에서 처음으로 열나흘 달을 만나는 열아홉 살 소년의 얼굴이었다. 고향집 마당이나 우물 옆에서 보던 낯익은 달을 타향에서 본 열아홉 소년은 지금 자신에게 일어난 일이 무슨 영문인지 몰라 어리둥절했지만, 친숙한 달의 모습에 어쩐지 안심이 되었다. 그래서 열아홉 소년은 달님에게 하루빨리 아버지와 어머니가 있는 고향으로 돌아가는 귀향을 빌고 또 빌었다.(「부산에 갔다」)

「부산에 갔다」 자체만으로는 선생의 탈향의식, 고향과 통일을 향한 염원 등에 주목해야 한다. 소설 속에는 선생에 관한 이야기만 있는 것이 아니라 탈북자 정대우 씨의 이야기도 한 자리를 차지하고 있다는 점에서 보면 더욱 그러하다. 그러나 이번 소설집에 수록된 다른 작품과의 연관성을 좀 더 강조한다면 작품 전체가 선생에 대한 추모 내지 애도의 서사의 형식으로 구성되었다는 점이 중요하다. 이러한 추모와 애도는 개심사 장미꽃을 그리면서 옛 애인을 추억하는 화가나 7년 동안 헤매다가 그녀의 초상화를 개심사 명부전에 안치하는 논술학원 강사의 사연과도 통하는 것이다. 깊고 충분한 애도를 통해 떠나간 사람과 작별하는 것이 장례의 기본 속성이고 그것이야말로 떠나간 사람에 대한 진정한 예의이기 때문이다.

이런 맥락에서 「아무도 모른다」는 한편으로는 사회 문제에 대한 날카로운 비판이지만 다른 한편으로는 하청에 재하청으로 계약된 어느 노동자 청년의 안타까운 죽음에 대한 애도이다. 장지에 도착하기 전 운구 행렬이 고인이 생전에 살던 동네를 한 바퀴 도는 것처럼 소설은 종학의 추억이 담겨 있는 장소들을 하나씩 돌아다닌다. 한참을 돌아다녀야 비로소 조금이나마 억울한 넋이 위로되었을까? 은백색 빛 속으로 서서히 사라지며 죽음을 맞이하는 소설의 결말에 이르러, 이 소설 전체가 종학의 넋을 위로하는 추모 의식이었음이 확인된다.

이 소설의 제목은 '아무도 모른다'이다. 그러나 소설을 읽은 우리는 안다. 종학을 향한 진정한 추모는 결국 한 젊은이의 안타까움에 대해 우리가 인식하고, 또 그 젊은이를 그렇게 내몬 우리 사회에 문제를 제기하는 것, 그래서 그 죽음을 모르지 않게 하는 것임을 제목은 역설적으로 말하고 있다.

5. 지연된 애도와 남은 과제

다시 여성 인물을 내세운 작품들로 돌아가자. 여기서는 「얼굴, 그리다」와 「부산에 갔다」와는 달리 애도가 제대로 이루어지지 못했다는 큰 특징이 있다. 남편이나 아버지를 잃었을 때도 제대로 된 애도가 이루어지지 못했을뿐더러, 시간이 흘러 이제 아들이나 손자를 잃었을 때도 충분한 애도를 하지 못했다. 애도는 완료가 지연된 것이다. 사랑하는 사람과의 이별을 마음껏 슬퍼해야 비로소 그들을 떠나보낼 수 있다. 여자들은 여전히 사랑하는 가족들을 떠나보내지 못한 채 가슴속에서 묻은 채 하루하루를 살아가고 있기에 그처럼 처연하게 고통스러워한다.

아이를 화장하고 유골을 수습한 여자는 아이가 숨진 대형마트로 발길을 돌렸다. 마지막으로 사고가 난 곳에 아이를 추모하는 꽃 한 송이를 바치고 싶어서였다. 실성한 것처럼 심상찮은 여자의 몰골을 본 대형마트 직원이 기겁을 하고 앞을 가로막았다. 여자는 아이가 사고를 당한 곳에 추모의 꽃만 놓고 나오겠다고 했지만 들여보내 주지 않았다. (…) 자꾸 이러면 영업방해로 신고한다는 협박도 서슴지 않았다. 여자는 대형마트를 드나드는 사람들의 빈정거림과 계걸스러운 호기심을 견디며 질기게 버텼다. 여자를 동정하는 이들도 몇몇 있었지만 거의가 죽은 아들 앞세워 돈벌이를 한다며 조롱하고 이죽거렸다. 돈이 아니라 한 송이 조화가 고작인데도 그것조차 용납하지 않았다. (…) 남편과 아들을 잃고 혼자서 아무것도 방어할 힘이 없는 여자는 치욕의 도살장 같았던 그곳 어디에서도 죽은 아이를 위한 조화 한 송이 놓을 공간을 얻지 못했다.(「누구나 다 안다」)

죽은 사람을 위해 그저 꽃 한 송이를 바치겠다는 바람이 그렇게도 잘못일까? 법률과 규정이 인간으로서의 예의보다 더 중요한 것인가? 아니, 어쩌면 이윤과 권력이 여자의 애도를 가로막은 것인지도 모른다. 그 결과 애도가 지연됨으로써 고통은 계속된다.

뭇사람들은 그들의 고통을 깨닫지 못한 채 그들에게 칼날이 될 수 있는 말들을 던진 채 유유히 걸어간다. 자식 잃은 부모에 대한 동정은 인간성 자체를 향한 안타까움에서 비롯되는 것일 텐데 주변 사람들은 그 단순한 이치를 깨닫지 못했다. 「이사 간다」의 여자가 그토록 괴로워한 것은 "죽으면 다 끝인데…"라는 냉소였다. 주변의 빈정거림과 조롱은 작지만 진정한 애도를 가로막는 진짜 방해물인지도 모른다. 과연 타인의 고통 앞에서 어떠한 자세를 취해야 하는가에 대한 진지한 문제제기이다.

여자는 온몸의 기운을 모아 목소리를 짜낸다. 그때, 굳게 닫혔던 여자의 목이 조금씩 열리면서 토막토막 끊어진 소리가 나온다.
"준…호야… 이…사… 간다…"(「이사 간다」)

연수는 천천히 역사를 향해 걸어가기 시작했다.
눈은 좀처럼 그치지 않고, 눈길을 더 걸어야 할 모양이었다.(「눈길을 걷는다」)

　　20분 후 열차는 정상 운행을 재개하고, 열차 운행에 불편
을 드려 죄송하다는 사과방송을 하고 사과문을 붙였지만 이
번에도 사람은 뒷전이었다.
　　누구나 다 그런 현실을 알고 있었다.(「누구나 다 안다」)

　　김성달 작가의 소설은 현실을 담담히 담아내는 데 집중한
다. 섣불리 해결책을 제시하거나 희망을 말하지 않는다. 우
리 주변에서 소외되고 고통받는 이들의 사연을 기록하고, 그
상처의 깊이를 보여주기에 전력을 다할 뿐이다. 그러나 그러
한 담담함이 오히려 독자들의 마음을 서서히 끓어오르게 하
고, 오랫동안 벗어나기 어려운 묵직한 울림을 전해준다. 비
록 여전히 질퍽하고 미끄러운 눈길이 당분간 펼쳐져 있더라
도 그들은 아직도 포기하지 않았다는 것에서 독자들은 인간
적 가치가 무엇인지 생각하게 된다. 우리의 현실에 여전히 어
두운 그림자가 드리우고 있음을 소설에서 다시 한번 확인하
게 될 때, 그러한 어둠을 잠시 잊고 있거나 혹은 외면하고 있
던 독자들은 부끄러움을 느끼고 자신을 돌아보게 된다. 무엇
보다 아직 애도가 끝나지 않았음을, 아직 끝나지 않아야 한다
는 점에 공감하게 된다. 결코 쉽지 않은 소설이다.

이사 간다

초판 1쇄인쇄 2021년 11월 8일
초판 1쇄발행 2021년 11월 10일

저   자 김성달
발행인 박지연
발행처 도서출판 도화
등   록 2013년 11월 19일 제2013 – 000124호
주   소 서울시 송파구 중대로34길 9-3
전   화 02) 3012 – 1030
팩   스 02) 3012 – 1031
전자우편 dohwa1030@daum.net
인   쇄   유진보라

ISBN | 979-11-90526-54-8 *03810
정가 13,000원

*이 도서는 한국출판문화산업진흥원의 '2021년 우수출판콘텐츠 제작 지원'
사업 선정작입니다.

도화道化, fool는
고정적인 질서에 대한 익살맞은 비판자,
고정화된 사고의 틀을 해체한다는 뜻입니다.